Велимир Хлебников

迟来的旅行者

〔俄〕赫列勃尼科夫 著

凌越 梁嘉莹 译

人民文学出版社
PEOPLE'S LITERATURE PUBLISHING HOUSE

图书在版编目(CIP)数据

迟来的旅行者/(俄罗斯)赫列勃尼科夫著;凌越,梁嘉莹译.—北京:人民文学出版社,2019
(巴别塔诗典)
ISBN 978-7-02-015340-4

Ⅰ.①迟… Ⅱ.①赫… ②凌… ③梁… Ⅲ.①诗集-俄罗斯-现代 Ⅳ.①I512.25

中国版本图书馆 CIP 数据核字(2019)第 111659 号

责任编辑 **卜艳冰 何炜宏**
装帧设计 **高静芳**

出版发行 **人民文学出版社**
社　　址 **北京市朝内大街 166 号**
邮　　编 **100705**
网　　址 **http://www.rw-cn.com**

印　　刷 **上海利丰雅高印刷有限公司**
经　　销 **全国新华书店等**

字　　数 **120 千字**
开　　本 **889×1194 毫米 1/32**
印　　张 **11.75**
插　　页 **5**
版　　次 **2019 年 10 月北京第 1 版**
印　　次 **2019 年 10 月第 1 次印刷**

书　　号 **978-7-02-015340-4**
定　　价 **68.00 元**

如有印装质量问题,请与本社图书销售中心调换。电话:010-65233595

目录

发现诗歌新大陆的哥伦布

凌越

一

俄罗斯白银时代文学在中国当代读者视野中是一个醒目的存在，就某个较短时间段的外国文学而言，白银时代文学在中国大概算是被翻译介绍最充分的，几位白银时代大诗人——马雅可夫斯基、帕斯捷尔纳克、茨维塔耶娃、曼德尔施塔姆、阿赫玛托娃——业已成为中国翻译界持续多年的热点，每一位都有多种中译本，甚至于他们的小说、随笔、传记也在源源不断地出版。与此相应，他们也在中国觅到不少知音，中国当代许多诗人对他们的作品几乎到了耳熟能详的程度，对他们的评价也普遍较高。可是在这一片喧嚣中，却有一个黑洞般深邃的沉默的所在，那就是赫列勃尼科夫。

翻开任何一本白银时代文学史，赫列勃尼科夫都是不可或缺的一章，他作为白银时代大诗人的地位是稳固的，而且随着时间的推移，这种地位似乎变得更加坚如磐石，在某些作家眼中赫列勃尼科夫比上述几位白银时代诗人更加出色。作家符谢沃罗德·伊万诺夫将赫列勃尼科夫与陀思妥耶夫斯基、乔伊斯和普鲁斯特相提并论，认为他是“最伟大的诗人之一”。未来主义另一位大诗人马雅可夫斯基则赞誉赫列勃尼科夫是“发现诗歌新大陆的哥伦布”。而始终昂着头颅的骄傲的曼德尔施塔姆也罕见地给予赫列勃尼科夫极高评价：“他的每一行诗都是一部新的长诗的开头。每隔十行就会出现格言警句，简直可以刻在石头或钢板上。赫列勃尼科夫写的甚至不是诗，不是长诗，而是一部庞大的、百年千年也取之不尽用之不竭的、全俄罗斯的圣礼圣像册。”

但赫列勃尼科夫在白银时代诗人群像里面孔终究显得有些模糊，其原因很大程度上正是和他的这两位最重要的仰慕者和追随者（两人的诗歌创作中都可以找到赫列勃尼科夫的影子）过早离世有关，在诗歌圈赫列勃尼科夫失去了两个最有力的支撑点，这显然不利于他的诗歌影响力的扩张。事实上，除了马雅可夫斯基和曼德尔施塔姆之外，赫列勃尼科夫的激赏者主要是一些语言学家和学者，诸如雅各布森、什克洛夫斯基、特尼亚诺夫等，很可能正是赫列勃尼科夫的诗歌激发了俄罗斯形式主义学派的创造力。赫列勃尼科夫在诗人中的知音，除了马雅可夫斯基和曼德尔施塔姆，主要是一些影响力较小的次要诗人，诸如塔特林、利夫希茨、阿谢耶夫、马尔夏克、扎波洛茨基、卢利耶、尤金娜、利帕夫斯基、萨莫洛伊夫等，他们对于赫列勃尼科夫在诗歌史上的地位还难以起到一锤定音的作用。这也导致赫列勃尼科夫在白银时代众诗人中近乎于是一位隐身的巨人，人们可以感觉到他是一个巨大的重量级的存在，但是却由于畏惧或者无知而不敢贸然踏入其中。

俄罗斯文学界对赫列勃尼科夫评价非常极端，或者推崇备至或者漠然置之，而中国翻译界对他倒是整齐划一的漠视，就我的视野而言，中国翻译家大概只有郑体武在《俄国现代派诗选》中翻译过十几首短诗，再有就是在《超现实主义　未来主义》一书中有两首无题诗（徐京安译），除此之外再难觅得赫氏的哪怕只言片语。几年前我曾经在电话里专门问过俄语老翻译家谷羽先生，赫列勃尼科夫的中译为什么这么少，他原本轻松的语气立刻变得严肃起来：“赫列勃尼科夫的诗歌太难翻译了。”后来我翻看了有关赫列勃尼科夫更多的资料，终于明白谷羽先生的“太难翻译”具体是何所指了。

赫列勃尼科夫大概是诗歌史上最彻底的语言实验

者和革新者，早在1908年，赫列勃尼科夫就在其诗作中表明了自己对于词的态度：“词是绣架；词是纤维；词是布料。”在赫列勃尼科夫的诗中，词语有一种被长久凝视之后产生的眩晕感，对于每个词，赫列勃尼科夫似乎都要仔细端详，一心要探索其中潜在的可能性：新的音响组合，新的音响色彩。曼德尔施塔姆也曾敏锐意识到这一点，说他“像田鼠一样折腾着语词”。赫列勃尼科夫把古词、旧词或方言词，如古俄罗斯的花园名称，古俄罗斯的四季名称，教堂斯拉夫语的表达法，被遗忘的词语，极少使用的词语，与斯拉夫语言同族的词语，统统拿来，平等使用。这些词语如同泥泞的沼泽自然会给翻译工作带来很大困难，而和赫列勃尼科夫诗歌中大量的自创词相比，这些困难又是小巫见大巫了。

尽管这些被“勤奋的田鼠”想尽办法搜罗来的冷僻词语丰富了语言的质地，但和赫列勃尼科夫试图打破语言僵化的期望显然还有距离，那么创造新词对于赫列勃尼科夫也就是顺理成章的事了：“创造新词是语言文字僵化的敌人，它根据语言至今仍在河流和森林附近的乡村被创造着这一事实，每时每刻都在造词——这些词有的会夭折，有的将不朽——并把这不朽的权利转移到文字的生命中去。新词不光应该具有名称，还应该被指向被指称的事物。创造新词并不破坏语言规则。”这段带有自辩色彩的言论，为赫列勃尼科夫诗歌最重要的形式特征——自创词——奠定了基础。据统计，在赫列勃尼科夫著作中，他创造的词语有六千多个，这些自创词词义纷杂、游移，构词方法灵活多变，而且无一不可引起双重的理解。尽管赫列勃尼科夫在创造新词时还是很慎重的，多半可以通过这些新造词语的上下文形成对于其意的假想，而且这种假想多数时候是全然合乎情理的。但是可以想象这些自创词会给翻译带来怎样的困难，我相信谷羽先生所说的“赫列勃尼科夫太难翻译”主要就是这些自创词带来的显而易见的重重障碍。

事实上，赫列勃尼科夫作品英文译本也只是在二十世纪最后十年才逐渐出现，笔者翻译所依据的英译本就是 1998 年 2 月由哈佛大学出版社出版的。他的散文和戏剧的英译本似乎要呼应赫列勃尼科夫所生活的那个动荡年代，是在同样动荡的 1989 年 7 月由哈佛大学出版社出版的，比他的诗歌英译本早了九年，而赫列勃尼科夫第一本较全面的英文传记是 1987 年由剑桥大学出版社出版的。也就是说，英文世界是在赫列勃尼科夫诞辰一百年前后才真正严肃地对待这位世界级的大诗人，而中文世界对于他的认识才刚刚开始。

赫列勃尼科夫对于词语疆界的奋力开拓，在造就崎岖不平的崭新诗歌节奏的同时，无疑也是对旧有的诗歌世界的颠覆和再造。另一方面，对于译者而言，这似乎也是对于美国诗人弗罗斯特那句有关翻译的名言——诗歌就是在翻译中失去的东西——的一种形象阐释。当译者面对这些既美妙又困难的诗句一筹莫展时，最先想起的大概就是弗罗斯特的这句有点漂亮过头的话吧。如果说弗罗斯特是翻译的悲观主义者的话，尼采却出人意料地在这方面要乐观许多，他对于翻译的论述在我看来也要深刻得多："在翻译中失去的东西既不是最重要的，也不是最次要的。"

也就是说，诗歌中紧紧依附于语言特质的某些微妙的部分，并不像有些人以为的那么重要，它固然是造就语言轻盈身姿的原因，但是和诗歌的主题、道德感和想象力本身相比，那些微妙的部分终究是处于劣势的，因为它主要起的是一种近于显影液的作用，让主题、道德感、想象力等等东西可以一种轻盈美妙的方式得以呈现，如果在翻译过程中这些微妙的部分或者由于译者水平所限或者由于语言特质使然变得迟钝了，当然会危及主题、道德感和想象力的完美呈现，但却不会因此完全消灭或遮蔽它们，那些重要的东西仍然存在于语言之中，只是不再那么完美，但是其重量和体积是无法消弭的，它们倔强地存在着，而正是这些东西构成一个诗人优秀与否的底色。那么由此看来，翻译绝对是可能的，就算在“较差”的翻译中，也一定会残留着某种杰出的气息，敏锐的有经验的读者一眼就能认出它来。更别说，在运气好的时候，那种微妙的东西也有可能被完整甚至更多地带到另一种语言中，有时候我们盛赞某些译作“甚至比原作还好”，大概就是这个意思吧。

赫列勃尼科夫是如此敏感的诗人，也由于他对自创词的执着，这使得对于其作品的翻译困难重重，但是赫列勃尼科夫并不是形式主义至上的诗人，作为一名世界级的大诗人，在他身上有许多貌似矛盾的东西奇特地和谐共生着，并成为他作为大诗人外显的标签。比如，赫列勃尼科夫诗中突出的形式特征和神话的、现实的、革命的题材并行不悖，他对于俄罗斯古老传统文化的迷恋则和未来主义对于前卫新潮的追逐形成另一组矛盾的和谐，其诗歌中严肃乃至于悲剧性的语言则和文字游戏的轻松、轻佻形成另一种惊险的平衡，而所有这些矛盾的接驳处正是美肆意生长的土壤。

基于以上的认识，我们可以判定任何语种的翻译必将不同程度地损害赫列勃尼科夫诗中突出的形式特征，例如对于自创词，英译还可以通过不同词根的组合勉强加以翻译，而汉语翻译在这方面则显得尤为无力，只能通过大致的字与字的并列予以呈现，尽管也可以从中感觉到某种陌生化的效果，但“自创词”的“创”的部分则几乎完全被抹掉了，那种通过创造词语重新命名世界的巨大喜悦，中译本的读者大概只能通过想象去弥补了。但是赫列勃尼科夫诗歌中更重要的主题、道德感和奇诡的想象力使得对他的诗歌的翻译仍然是可能的，按照尼采的话推演，诗歌中最重要的那部分东西仍然是可译的。因此，赫列勃尼科夫的任何中译尽管都不可避免地会抹平其诗中突出的形式特征，但是哪怕在我们这个中译本中，仍然可以清晰地看到一位大诗人伟岸的身影。在这个中译本中，我们希望他仍然是一棵繁茂的参天大树，尽管树皮不可避免有些剥落了，而树身也留下了刀劈斧砍的伤痕。

二

1885 年 11 月 9 日（俄历 10 月 28 日），维克托·弗拉基米洛维奇·赫列勃尼科夫出生在信奉佛教的蒙古游牧部落的“汉营”里，那汉营所在的草原是由里海干涸的海底变成的。换句话说，他出生在俄罗斯阿斯特拉罕省小杰尔别托夫乡信奉喇嘛教的卡尔梅克人中间，其父亲是乡里的督察官。其父亲的祖上是阿斯特拉罕有名的商人，母亲的祖先是扎波罗热人。也就是说，赫列勃尼科夫出生于俄罗斯帝国的一个偏僻角落，这种出身本身大约也折射出赫列勃尼科夫未来和莫斯科、彼得堡那些诗人格格不入的一个源头性的原因，至少在有生之年他没有凭借他那些杰出优秀的诗篇真正征服莫斯科的诗人圈，更别说彼得堡的了。他的诗中总是盘旋着阿斯特拉罕、卡尔梅克草原和伏尔加河三角洲的名词和意象，而这些南方绚丽的意象（“乌拉尔秋天柔软的锦缎”）也总是把他从莫斯科拉回故乡，甚至拉回更南方的巴库和伊朗。

赫列勃尼科夫出生于信奉佛教的蒙古游牧部落的汉营，也意味着他从一开始就处于俄罗斯正统的东正教控制范围之外。里海之滨错综复杂的文化形态也影响到赫列勃尼科夫的诗歌，使他的宗教兴趣驳杂而多样，并未定于一尊，在其诗歌中出现的神祇包括古埃及太阳神阿顿和卡、印度的守护神毗湿奴、中国神话中的盘古、古希腊神话中的俄狄甫斯、伊朗神话中的恶神阿赫利曼、南非祖鲁族中的万物始祖温库隆库卢、日本的自然之神伊扎纳米，等等。其结果则是信仰本身的庄严和单一让位于一种带有喜感的众神嬉戏，以至于变成赫列勃尼科夫诗歌中五色斑斓的质地。

赫列勃尼科夫诗歌另一个主要的质地则是自然意象，这固然是俄罗斯南方繁茂美丽的自然意象的感染，另一方面也来自他父亲的直接影响。赫列勃尼科夫的父亲，弗拉基米尔·阿列克谢耶维奇，是达尔文和托尔斯泰的崇拜者，精通鸟类王国的各种知识，1919年他成了阿斯特拉罕自然保护区的创建者之一。他希望赫列勃尼科夫也成为自然科学家（小儿子亚历山大已经继承了父亲的衣钵），他认为赫列勃尼科夫参与的未来派的文学活动纯属瞎胡闹。起先父亲的影响发挥了作用，赫列勃尼科夫最初的求学经历也在把他向自然科学家的方向引导。

1903年，赫列勃尼科夫考入喀山大学物理数学系，在数学专业学习。他迷上了数学，曾经在喀山大学担任校长的著名数学家罗巴切夫斯基成为他的偶像，前者的“不相交曲线”理论对于诗人而言是神圣的。在人类文明史上，将数学和诗歌如此完美地融合在一起的大概只有赫列勃尼科夫了，甚至于特尼亚诺夫曾经评论道：“赫列勃尼科夫是语言学领域的罗巴切夫斯基。”在赫列勃尼科夫看来，数字有着和词语一样的美感和神秘性，它们是活生生的，有着自己的生命、形象和感知。在《野兽+数字》一诗中，他写道："关于朴素的数字的脖子/精神与物质悬挂着像一件披风。""置换那火刑柱，那障碍物，那十字架！/想象数字犹如一个铁质装置。"在《"你的思想流淌"》中："谁的数字迷住了蛇/在嫉妒的铁环中/温顺地滚动。"他有一首写于1921年的短诗直接就叫《数字》：

我仔细端详你们，数字。
我看见你们打扮成动物，凉爽地
披着一层皮，一只手支撑在连根拔起的橡树上。
你们给我们一个礼物：在宇宙的脊骨像蛇形运动
和空中天秤座的舞蹈间达成一致。
你帮助我们看见诸世纪犹如
笑着的牙齿的一道闪光。看见我智慧干瘪的眼睛
睁开去认识
我将是
什么
当它的被除数是一。

在赫列勃尼科夫眼中，数字不仅"打扮成动物"，

“一只手支撑在连根拔起的橡树上”，而且可以“帮助我们看见诸世纪”。数字不仅是活生生的，而且有着启示录般的作用。对于数字的迷恋和研究贯穿赫列勃尼科夫整个诗歌创作生涯，大约从1911年开始，赫列勃尼科夫开始研究幻想式的“历史数学”，并自称发明了神奇的数字“317”。在赫列勃尼科夫生命的最后几年，在巴库，他又在札记中记下对数字的沉思：“关系越复杂，数字越简单”；“我像只公猫，盯着数字，直到耗子从眼前跑过”；“我沉醉于数字”；“对词义的感情全然消失，只有数字”，等等。对于数字持续地研究，不仅逐渐镂刻出数字本身的美，而且数字本身的神秘像一盏回光灯，将这种神秘感也折射到赫列勃尼科夫自己身上和其诗作中。

1912年在《斯瓦西亚》一诗中，赫列勃尼科夫预言了罗曼诺夫王朝的崩溃，并称其为“辉煌的成就”。更令人惊讶的是他在1916年底的一封致友人的信中顺便做出的预测：“假如外部战争没有转变成内战的死水，这只不过是一年半的时间。”关于这场“死水”的威胁，许多人都说过，并不新奇，但赫列勃尼科夫预言的精确性（不是一年，也不是两年，而是一年半）着实令人震惊，也许赫列勃尼科夫对于数字的神奇研究，真让他掌握了所谓的“时间的规律性”？没有人可以回答这个问题，或许诗人果真是“世界的立法者”？但是从中我们似乎可以模模糊糊感知到赫列勃尼科夫神秘才华的来源，也许正是数字作为桥梁将他渡送到了那个神奇的世界，在那里美妙的诗句犹如此世的泥土，几乎可以触手可及，否则赫列勃尼科夫诗中大量有如天籁般美妙的诗句是如何产生的呢？平常的诗人毕其一生能触及几句已属幸运。对于赫列勃尼科夫将词语完全置于数字的相互关系中的做法和方式，我想至今没有人可以清晰地理解（早在1915年，赫列勃尼科夫已经清楚地知道：“我身边没有一个人可以理解我。”），但是从他写出的许多美妙的诗句看，他的方式显然卓有成效。的确，诗人的“科学”也不能做一般意义的理解，因为得以通过那扇窄门的一定是极少数的人。

在我看来，赫列勃尼科夫对于数的迷恋和他对纯粹语言的迷恋是异曲同工的。作为曾经的喀山大学数学系学生，赫列勃尼科夫一定知道古希腊早期的毕达哥拉斯学派，尤其是该学派的名言——万物皆数。事实上，赫列勃尼科夫在诗中屡屡把数字当作物本身应该就是这句名言的演进，数是对于万物的终极性的归纳，而赫列勃尼科夫梦寐以求的“宇宙语言”显然也有这种超强的归纳能力。并不令人奇怪的是，“赫列勃尼科夫语言学”是从语言的第一要素——字母开始的。字母表是基础中的基础。和法国诗人兰波对元音的迷恋不同，赫列勃尼科夫感兴趣的是辅音，他认为“一个普通词的第一个字母能够统率全词——命令其余”。他轻视元音，将它们视为语言的母性成分，只起联系作用，没有独立意义，而辅音字母的含义深刻而重要。他把语言分为两类：日常语言和纯粹语言，前者就是人们在日常生活中作为工具使用的语言，而纯粹语言则是能够超越语言巴别塔，各民族的人都可以理解的语言。赫列勃尼科夫所有的诗歌创作都可以视作建造这座纯粹语言大厦的过程，显然这是一种语言学乌托邦。赫列勃尼科夫的诗歌艰深难译说明他的这种想法其实是一个悖论，当然也许他是在攀爬那座“天空中深蓝色的峭壁”，一旦爬到山巅，即是纵览宇宙的通透。赫列勃尼科夫的诗歌翻译也是如此，一旦踏过一些浅滩沟壑，它将在任何语言中显露其耀眼绮丽、光华万丈的世界。

三

受身为自然学家的父亲影响，赫列勃尼科夫很小即对鸟类有浓厚的兴趣，喜欢在诗歌中模仿鸟叫，喜欢用鸟儿的名称，在他诗中出现过的鸟包括太平鸟、反舌、知更鸟、琴鸟、画眉鸟、火鸟、拍尾鸟，等等。诗人曾在诗中写道：“我被出色的鸟儿的啼鸣缠绕。”而赫列勃尼科夫最初的文学作品则是他12岁那年开始写的鸟类学札记。赫列勃尼科夫18岁时因为参加喀山大学生的示威游行被逮捕，在监狱里待了一个月。1904年秋天，他重新成为大学生，不过已经从数学专业转到自然学专业。赫列勃尼科夫对自然学也颇有兴趣，1907年，《自然科学研究者协会学报》刊登了他的第一批鸟类学考察报告，其中包括《1905年夏季乌拉尔考察报告》，考察持续了五个月。1908年秋天，赫列勃尼科夫转入彼得堡大学。彼得堡浓郁的文学氛围立刻影响到年轻的赫列勃尼科夫，正是在那里他开始了自己辉煌的诗人生涯。我们完成的这个中译本中最早的一首诗《“严酷的静谧拉紧弓弦”》即写于1908年，但实际上诗人最初的比较活跃的创作阶段是1904年至1905年的布尔玛金诺村时期，体裁复杂的《埃尼亚·沃耶伊科夫》未完成的片段注有日期1904年，在这部作品中，19岁的赫列勃尼科夫已经可以自如地谈论柏拉图、斯宾诺莎和梅契尼科夫了。

从1909年秋天起，赫列勃尼科夫已经是历史—

语文系斯拉夫—俄罗斯专业的大学生了。他一点也没犹豫，一开始就递交了在东方语言系（梵文文学）听课的申请，可是大学生活和文学创作产生了矛盾，1911年6月，赫列勃尼科夫因交不起学费而被学校除名。或者彼得堡大学是为了赫列勃尼科夫将来能拥有一个配得上大诗人的履历？试想又有哪个大诗人是学校可以培养出来的呢？而赫列勃尼科夫也铁了心要上“永久性的大学”，一边创作一边完成自我教育。赫列勃尼科夫最早和其他诗人的交往始于以维·伊万诺夫为首的象征主义诗歌圈子，1908年春天赫列勃尼科夫从高加索寄了14首诗作给伊万诺夫，得到热烈回响，不久他和伊万诺夫在苏达克见了面。大约从1909年5月起，赫列勃尼科夫进入伊万诺夫的圈子，其中的一位成员给他起了一个新名字维列米尔（意为“大世界”），此后赫列勃尼科夫一直使用这个名字。1909年6月10日，准备去乌克兰的赫列勃尼科夫将长诗《动物园》寄给伊万诺夫，并将这首诗献给了后者。但是赫列勃尼科夫超前的诗学观念显然无法引起更多的象征主义者的共鸣，象征主义杂志《阿波罗》最终违背自己最初的承诺没有刊登此诗。另一方面，象征派诗人装腔作势的贵族派头，其作品不知所云的抽象和神秘主义以及对西欧新艺术盲目的崇拜，都使这位外省青年感到格格不入。1909年底，赫列勃尼科夫写了一首讽刺诗《彼得堡的阿波罗》，把象征派诗人形容为“用地主的面团雕刻出来的缪斯”，而在短诗《当着我的面熬松焦油》和《长腿蚊子二号》中，诗人也表达了和《阿波罗》杂志圈子必然决裂的态度。

随后不久，以布尔柳克、克鲁乔内赫、马雅可夫斯基为代表的未来主义者热情欢迎了赫列勃尼科夫，后者比他们要年长，作品和想法都更为成熟，应该说赫列勃尼科夫的许多想法都深刻影响了这批比他年轻的未来派诗人，堪称他们诗学上不折不扣的师傅，而他们对他也报以未来主义特有的高调的赞美。1915年夏天，在布里克夫妇举办的一次周六朗诵会上，马雅可夫斯基称赞赫列勃尼科夫为“俄罗斯诗歌之王”，并提议为他干杯，尽管他半带嘲讽地补充说：“我爱恭维人。”另一方面，未来派众青年诗人大大咧咧的活力，对于寡言、内向的赫列勃尼科夫也有一种激发作用，将他对象征派的不屑上升到一种和传统全然决裂的高度。实事求是地说，赫列勃尼科夫的诗作本身极为新颖，甚至很难看出它们的来源，但是赫列勃尼科夫诗歌明显有对神话和民间文化的依傍，他肯定非常清楚越是从远古的文化资源中越能找到所谓前卫的养料，所谓旧即是新。但是和那些吵嚷快活的未来派诗人的相处，也给赫列勃尼科夫的诗歌增添了一些戏谑的讽刺的成分。

未来派诗人喜欢发布和前辈作家决裂的宣言，作者都是联合署名，著名的宣言有《给社会趣味一记耳光》、《鉴赏家的陷阱》等。另外两个宣言《词本身》和《火星人的喇叭》，前者署名是克鲁乔内赫和赫列勃尼科夫，后者署名是赫列勃尼科夫等，可以想象这两个宣言，赫列勃尼科夫有较多参与，其中的一些片段很像是出自赫列勃尼科夫的手笔："这不是低声细语的、懒洋洋的奶油口香糖诗篇（摆牌阵……果泥糕饼），而是可畏的话语。""我们则认为，语言首先是语言，如果说它应当像点什么，那么多半像野人的锯子或毒箭。""我们号召到这样的地方去：那里树木会讲话；那里科学协会像滚滚浪涛；那里有春天一般的爱情部队；在那里时间像稠李一样开花，像活塞一般运动；那里的超人围着木匠围裙在把时间锯成木板，并且像旋工一样对待自己的明天。"引用这些片段是想说明，赫列勃尼科夫诗歌的复杂性，使它既有革新派诗歌一往无前的英勇气质，同时骨子里又有俄罗斯传统抒情诗的深情和想象力。从总体上看，他和马雅可夫斯基等未来派诗人其实也相去甚远，所以他会说他身边没有人可以理解他，而他和未来派诗人的交往显得较为被动——因为受到他们热情拥戴，而且他创作的大量作品（包括诗歌、戏剧、小说等）终于可以在未来派的各种小册子里顺利发表出来。

赫列勃尼科夫和未来派诗人的区别首先表现在调门上，如果说马雅可夫斯基等未来派诗人都有一个声如洪钟般的大嗓门，赫列勃尼科夫诗歌的调门则要低得多，他的许多诗深情又敏感，也喜欢使用诸如大海、树木、草原、春天和秋天之类传统的自然意象。赫列勃尼科夫的诗歌从来不大喊大叫，其诗歌的声音庄重而诚恳，一如他的为人。他和未来派的另一个显著区别表现在对于工业城市的态度上，应该说肇始于意大利的未来派的一个根本特点——对于机器文明的讴歌和赞颂，这一点也影响到大多数俄罗斯的未来主义诗人，但是赫列勃尼科夫却对机器文明持毫不含糊的批评态度。在长诗《起重机》中，被人类创造的物转而向人类造反：涅瓦河畔的烟囱都飞了起来，铁钩沿河飞奔，钢铁建筑物着火燃烧，铁轨离开路基，作为向人类造反的主要象征是鹤形起重吊机，诗中把它描写成一只鸟。一方面，诗人认为机器是神秘的敌人，另一方面，为了摆脱机器束缚的途径，他又将原始人理想化，将回归自然浪漫化，将动物的本能同人的理性对立起来，从而使他跟亚当主义者又有了几分相似之处。赫列勃尼科夫和未来派另一个明显差异在对待十月革命的态度上，最初，和他的那些未来派小兄弟一样，在许多诗中他都欢呼革命的到来，无论是二月革命还是十月革命，诗人都予以接受，长诗《战壕之夜》的核心思想是把革命理解为一场倾向于正义的规模空前的转折，一种化为现实的无以伦比的果敢精神。在一首短诗中，他写道：

自由来了，她赤裸裸地来了
并且用花朵填充我们的心。
我们跟着她的音乐前进
像爱人一样对着天空诉说。
我们是自由的战士，我们挥拳猛击
在我们的盾牌上，坚强不屈——

但是赫列勃尼科夫极度的敏感使他对于事物的观察比其他未来派诗人要深入得多，也更为复杂，复仇与恐怖的主题再次引起赫列勃尼科夫的关注。这也是为什么诗人在巴库（1920）拒绝加入“惩治者的行列”，为什么会出现丑陋的契卡（肃反委员会）大人物萨因科（长诗《契卡主席》），为什么在许多诗篇中常常出现过于残酷的暴虐者形象。

这种犀利的观察使赫列勃尼科夫得以跳出革命带来的肤浅激情，在一群欢呼雀跃的未来派诗人中，似乎只有他依然保持着冷峻的面容（也许还有几分讥诮），这些无疑令他的诗作更具穿透力，也相应更具深度和魅力。但伟大的诗歌也总是会和惬意的生活争抢诗人，也就是说，这些复杂的对革命带有批判性的诗歌也预示着赫列勃尼科夫悲惨的命运，当马雅可夫斯基们搭乘革命的东风成为时代的宠儿时，赫列勃尼科夫伟大的弃儿形象却益发彰显——他的卓越的诗篇无法出版无法发表，他的才华得不到普遍承认，甚至最基本的食宿都无法保证。但这些又反过来证明了赫列勃尼科夫的正直和高尚，以及他的诗歌的出类拔萃。深具洞察力的托洛茨基曾经在《文学与革命》一书中曾明确指出："在未来主义对过去的夸张的拒绝里，包含的是波希米亚式豪放不羁的艺术家的虚无主义，而不是无产阶级的革命主义。"托洛茨基说得很对，革命唤起未来主义的主要是语言的激情，而不是真的杀戮和对上层阶级的肉体消灭，否则未来主义如何可以产生两位世界级的大诗人（赫列勃尼科夫和马雅可夫斯基）?

1914 年 1 月意大利未来派创始人马里内蒂的俄

国之行，加速了俄罗斯未来派的分裂。和赫列勃尼科夫交情不错的马丘申后来回忆道，在圣彼得堡马里内蒂的讲演会上，素常冷静的赫列勃尼科夫非常气愤，差点把讲演会的组织者库里宾揍了一顿。赫列勃尼科夫在讲演会上散发传单，传单最后一句话是："殷勤好客的绵羊缀着奴才的花边。"第二天，马里内蒂说出了"庸碌无为的饶舌鬼"和"再见吧，草包"之类的粗话，赫列勃尼科夫即刻宣称："从今天起，我跟未来派没有任何共同之处。"实际情况是，共同之处原本就不多。总体而言，和赫列勃尼科夫傲然不群的个性一样，作为诗人他给人的印象也是一个孤独的巨人形象，尽管他曾短暂进入过象征主义的诗人圈，也曾和未来派更富朝气的年轻诗人有过几年还算愉快的相处，但是用一种较长远的视角观察，无论象征派的教条还是未来派大胆无畏的纲领（有几点显然直接来自赫列勃尼科夫的想法）都无法完全框住他束缚他。任何一位堪称伟大的诗人的出现都是一种神秘现象，很难用常规的逻辑去考察他，他就是他，没有来源，没有理由，也没有尽头。

四

赫列勃尼科夫生命中的最后几年，世界像一口沸腾的大锅不断有惊天动地的大事发生——1914年爆发的第一次世界大战，1917年的十月革命以及随后的苏联红军和白军的内战，还有席卷整个伏尔加河流域的大饥荒。而赫列勃尼科夫就像沙尘暴中的一粒细沙随风飘荡，被裹挟其中被戕害被荼毒，最终在1922年过早离开了人世。但是并不令人惊讶却让人感动的是，就在这极为艰难困苦的条件下，赫列勃尼科夫却经历了自己的"波尔金诺之秋"，在他三十六岁生日前后几天，临终前的一系列作品凝聚在一起，纷纷脱稿，让人为之震惊，这些作品包括《夜间搜查》、《现在》、《苏维埃大会前夜》、《燃烧的田野》、《洗衣女工》、《五岳城秋季大游行》、《符拉迪沃斯托克的政变》、《被奴役者之岸》，等等。赫列勃尼科夫早中期作品已经非常优秀，但是他晚期的作品无疑又给这伟大诗人的形象奠定了一个更坚实的基座。

如果我们认同诗歌是从现实土壤里长出的想象力之花的话，那么再有天分的诗人都需要现实经验来帮助他的天才显形，那些残酷的历史事件对于赫列勃尼科夫而言正是起到了这样的作用。赫列勃尼科夫早期诗歌在语言实验方面已经走得很远，但在语言的基本质地方面还带有明显的童话色彩，其早期诗歌的基调是明晰和愉悦的，比如：

你是太阳、歌曲和歌手
你用嗓音触及我们的灵魂，
所有季节里罕见的歌手，
而你却飞走。

以及：

在这里，我赞美那些翅膀，
残酷飞行，他们把我带到远方，
去往自由的象征，那蓝色的维度
被太阳的光环加上穹顶，
高度，高度，到那绝对的顶点——
那不朽的歌唱的雪鹭。

在这些早期诗作中，尽管也有阴郁的暗示，但“太阳、歌手、赞美、自由、歌唱”等明亮的词语毕竟占据统治性地位，而且他早期的几首长诗也是明快的牧歌式的，例如《萨满和维纳斯》、《维拉与林妖》、《乡村的友谊》、《米利亚济之歌》等，在这些诗中，多神教神话、幻想的树林和水中精灵支配着诗人的灵感，他把那些童话变来变去，欣赏着它的不同侧面和诗意，但偶尔也予以一丝嘲讽。早期的赫列勃尼科夫对以城市为代表的工业文明持批判态度，把现代的都市文明和大自然无拘无束的原始生活对立起来。当然，他也明白逃离文明也是不可能的，那么给那些美妙的幻象涂上一层讽刺的色调既是一种自我保护，也是对于想象力本身的一种尊重。

但是残酷的世界留给赫列勃尼科夫沉湎于美好幻想的时间并不多，1914年爆发的第一次世界大战立刻把赫列勃尼科夫粗暴而又生硬地扔进粗鄙的现实之中，当然作为杰出的诗人，他不会躲闪，而是迎着突如其来的世界的暴风雨逆势而行。“一战”爆发后的最初两年，赫列勃尼科夫在未来派的出版物中发表了许多带有明确反战性质的文章，这些文本后来被收进超长诗《捕鼠器上的战争》中。与此同时，战争作为一个突兀的词语开始频繁地出现在他那几年的诗作中：“那里有死亡主管战争的终结——/用食物供应墓地蠕虫。”“我拒绝！让我们去发现战争，那食人恶魔的妻子，/那在她衣服里炫耀尸体的食人魔的妻子。”“战争之笔画出一个又一个句号，/墓园在郊区扩张犹如首都——/不同的人们，不同的处置。”“战争越过边境，寻找鲜血。/我们喊道：“这片土地不是你们的！”“作为战争中忧郁的灰色幽灵/跌落到大海的尽头?”“街坊邻里从他们的洞穴奔跑出来，掠夺那村庄/长矛和刀，叫喊着战争！/‘上帝与我们同在!’那战争喊叫着!”当然赫列勃尼科夫对于战争以及其他重大事件并不是一种简单的应激式的反应，而是将这种来自外部的重击汇入他自己独特的情感模式和词语模式之中，如此，那个压垮许多正直小诗人的正义在赫列勃尼科夫的诗中却和词语本身的轻盈相契合，成为赫列勃尼科夫诗歌魅力的重要组成部分。

到1916年，战争对于赫列勃尼科夫不再是阴影般的存在，而是直接变成他的生活本身。从这年的4月起，赫列勃尼科夫经历了整整一年当兵的考验，作为察里津预备军团的普通士兵，经历了以列队操练为形式的“各种刑罚和拷打”，之后又在萨拉托夫城下第九十预备军团当过列兵。直到1917年2月，赫列勃尼科夫才获准请了五个月假，立刻动身去彼得堡，途中被怀疑是临阵脱逃，甚至被关进了禁闭室。经过难以想象的辗转，赫列勃尼科夫于1917年10月25日来到彼得堡（他曾在1年半以前预言过罗曼诺夫王朝的崩溃），随后他来到莫斯科，冒着流弹，不顾封锁，几次被阻止被搜查，但他“有一天深夜沿着花园街走过了整个莫斯科”。1918年1919年之交赫列勃尼科夫最后一次去了故乡阿斯特拉罕，与《红色军人报》积极合作，随后又返回莫斯科。1919年春天席卷整个伏尔加河流域的大饥荒愈演愈烈，赫列勃尼科夫离开莫斯科，再度南下哈尔科夫，他以为那里是产粮区，比较容易找到食物。但事与愿违，诗人在那里遭受巨大的痛苦，不仅忍饥挨饿，其间更是碰上乌克兰内战，被白军当作间谍逮捕，获释后又被关进精神病院。他得了两次伤寒，这显然严重损害了他的健康，事实上他的身体一直没有完全恢复，并导致他两年后去世。1920年2月23日在给布里克的信中他写道："太可怕了。"然而，诗神却是诗人生命最后阶段的眷顾者，正是在哈尔科夫（他在那住了一年多）开始了他1919—1922年间令人难以置信的创作高峰。疾病和疯狂的写作从两个方面透支了赫列勃尼科夫的生命，可是也将他推上诗歌写作的巅峰——岂止是他的，简直就是世界诗歌史上的高峰。在最后几年，赫列勃尼科夫酝酿多年的诗歌理念和重大历史事件相撞，产生的火花瞬间照亮了诗歌史阴暗的天幕，而且是如此耀眼如此炫目。

在赫列勃尼科夫晚期作品中，主题、思想和体裁都越来越丰富多样，他打量历史的眼光更加深邃，其诗歌的想象力也更加美妙绝伦，沉重的题材压在他的诗歌上，却使他的语言变得轻盈明亮，仿佛那重压是提携，而厄运是赞美：

> 人类的种族，你们是这本
> 封面承载着创造者签名的书的读者，
> 我名字的天蓝色字母！
> 是的，你，粗心大意的读者，
> 抬头！当心！
> 你让你的注意力懒散地走神，
> 犹如你仍旧在慕道班。
> 很快，非常快你将读到
> 这些山脉，这些浩瀚的海洋！
> 他们是那唯一，那仅存的书！
> 鲸鱼从它的书页跳跃出来，
> 那雄鹰的翼梢扫弯了书页的边缘
> 当它俯冲穿越海浪的时候，那大海的
> 胸膛，在鱼鹰的床上休憩。

这是写于1920年的《那唯一、那仅存的书》的最后一节，其纵览古今的眼光和“鲸鱼从它的书页跳跃出来/那雄鹰的翼梢扫完了书页的边缘”这样美妙的想象完美地结合在一起，造就了纸面上的杰作，是赫列勃尼科夫晚期标本式的作品。综观赫列勃尼科夫整个创作生涯，想象力和对于形式的敏感一直是紧紧抓住赫列勃尼科夫诗歌的两只鹰爪，现实和历史经验的进入在主题层面拓宽了视野，更重要的是，诗歌本身因为负重飞行而变得更富魅力。换句话说，赫列勃尼科夫从未放弃想象力在诗歌中的核心作用，在处理任何题材和内容时，他都可以轻而易举地以醒目的想象带动内容，以极富魅力的诗句将万物驯服于洁白的纸页之上。

五

1921 年 11 月赫列勃尼科夫带着厚厚的诗稿，从南方的巴库动身返回莫斯科，打算将近年创作的大量作品整理出版。但就像是一个预言，通往莫斯科的道路充满艰险，在从巴库到莫斯科的火车上，赫列勃尼科夫遭遇抢劫，更惨的是，在哈萨维尤尔特站，他被人从车上赶了下来。诗人身患重病，忍饥挨饿，勉强支撑着双腿，半死不活地漫游着，而他的背囊里却装着光辉灿烂的诗篇。这是富于讽刺意味的时刻，当然讽刺的对象是整个俗世。

冬天到来时，赫列勃尼科夫又动身前往莫斯科。

诗人坐着暖和的救护列车，走了整整一个月，而列车上成群的战争残废——癫痫患者成为诗人关注的焦点，并成为其新作的主题。新年前夕，赫列勃尼科夫来到莫斯科，彼时他和未来派已经疏离很久，但是莫斯科高等美工专业学校的一批画家热情接待并照顾了他，这些画家包括谢·伊萨科夫夫妇、叶·斯帕斯基，尤其是画家米图利奇成为赫列勃尼科夫的密友。

曼德尔施塔姆的夫人娜杰日达多年后在她的自传《第二本书》中也记述了1922年曼德尔施塔姆和赫列勃尼科夫交往的一些细节。他们俩是在莫斯科街头邂逅的，后者向前者抱怨他在莫斯科无所适从，无以果腹。曼德尔施塔姆夫妇情况要好一些，他们刚刚在赫尔岑之家得到一间屋子，并可以拿到食物的二等配给——每月可以得到一些粮食、面粉、白糖，以及一块黄油和一只冻猪头。对赫列勃尼科夫人和诗都很欣赏的曼德尔斯塔姆就邀请赫列勃尼科夫到他们家吃午饭，后者接受了邀请有一段时间每天都去。娜杰日达注意到“曼德尔斯塔姆对赫列勃尼科夫照顾有加，远比对女人们要好”，而赫列勃尼科夫一如既往的寡言少语，“他笔直地坐在椅子上，一言不发，他本人也是笔直高大，嘴唇不停地嚅动。他沉浸在自己的想法之中，根本听不见任何问题。”

不谙世事的曼德尔施塔姆甚至拉着赫列勃尼科夫去找时任苏联作家协会主席的别尔嘉耶夫，试图让后者分给赫列勃尼科夫一个房间，哪怕只有六平方米。曼德尔斯塔姆提出这一要求的理由是：赫列勃尼科夫是世界上最伟大的诗人，整个世界的诗歌在他面前都黯然无光。娜杰日达在书中暗示，曼德尔斯塔姆为了愿望得逞有点夸大其词了，但是很可能那就是曼德尔斯塔姆的心里话，他自己就是一位骄傲的诗人，在同代诗人里，他只对赫列勃尼科夫流露过最彻底的钦佩。1938年，赫列勃尼科夫去世多年后，曼德尔斯塔姆夫妇住在萨马季哈莫斯科州的一个村庄里，他们随身带了两卷赫列勃尼科夫作品。曼德尔斯塔姆经常翻看它们，从中寻找精彩的诗句。娜杰日达说那些诗整体有点模糊，而曼德尔斯塔姆则嘲笑他妻子：瞧，你想要的是什么，这对你还不够吗？哪里不是整体？

赫列勃尼科夫的诗歌太超前，他最主要的创作手法自创词也给普通读者理解他设置了障碍，这使得他的作品一直缺乏知音，得不到公正的评价。但是在他同时代人中，他就有几位知音，除了曼德尔斯塔姆，另一位极为推崇他的大诗人，是赫列勃尼科夫未来派的小兄弟马雅可夫斯基，尽管前者对后者的作品一直不以为然，他曾在《虎背上的莉莉亚》（1916年末）

一文中把“浮云式”的马雅可夫斯基写的《穿裤子的云》轻蔑地称作“闻所未闻的玩意儿”。1919年赫列勃尼科夫曾交给马雅可夫斯基一批手稿，但后者没有像之前做的许诺那样帮助出版这些作品。语言学家雅各布森回忆说：“他（指马雅可夫斯基）得到了一笔资金，能够出版赫列勃尼科夫的作品，但他却没有出版，我对此特别生气。”为什么没有出版？很有可能是因为嫉妒，害怕自己刚刚获得的影响力会因为另一位巨人的出现而被削弱。这只是猜测，但在和赫列勃尼科夫的关系上，马雅可夫斯基确实表现得不像他粗犷有力的诗篇那样坦荡。赫列勃尼科夫是未来派确定无疑的师傅，比他年轻不少的未来派小兄弟无论在诗歌理念上还是捕捉灵感的方式上，都从他那里学到了很多。

尽管马雅可夫斯基不愿公开表达对赫列勃尼科夫的赞美，但是在私下谈话中，他和曼德尔斯塔姆一样对赫列勃尼科夫的评价是顶级的。据同时代人回忆：“马雅可夫斯基称他（指赫列勃尼科夫）是最有文化修养的人。对赫列勃尼科夫了解越多，就越是惊讶于他广博的几乎无所不知的知识。他天生少言寡语，要让他活跃起来，要让他加入朋友间的谈话，得花不少力气。不过讲起中医、埃及香烟和拉丁语诗歌，他倒是头头是道。他具有深厚的哲学、数学和物理学知识。从他那里我第一次知道了爱因斯坦的相对论。他通晓几门外语，钻研过古希腊语、拉丁语，特别令我惊讶的是，他读过马克思的《资本论》。”马雅可夫斯基语气里的钦佩是溢于言表的，在另一处，马雅可夫斯基对他做了一个总结性的评价：“赫列勃尼科夫不是消费者的诗人，他是不可阅读的。赫列勃尼科夫是生产者的诗人。”何谓生产者的诗人？也就是诗人中的诗人，是给其他诗人带来无限创作灵感的诗人。

迄今为止，赫列勃尼科夫最贴心的知音，应该是语言学家、俄罗斯形式主义学派的主将雅各布森，他曾对马雅可夫斯基不出版赫列勃尼科夫的作品而感到气愤，因为他知道那是怎样的一笔人类的财富。迄今为止，对赫列勃尼科夫诗歌最深入的批评其实在他生前就出现了，即雅各布森撰写的论文《最新俄国诗歌》，这篇重要的文章初稿写于1919年，修订于1921年。赫列勃尼科夫不仅给年轻的诗人带来崭新的创作理念，也刺激了雅各布森这样卓越的学者，在文学批评史上占有重要地位的俄罗斯形式主义学派也受惠于赫列勃尼科夫的诗歌，后者为他们标新立异的新理论提供了恰切的批评样本，更有可能赫列勃尼科夫的诗歌和理念直接催生了俄罗斯形式主义学派的想象力和基本框架。

《最新俄罗斯诗歌》主要分析的就是赫列勃尼科夫的诗歌，并且和过去的诗歌做了比较，进而得出俄罗斯诗歌因此得到更新的过程。雅各布森据此坚称，诗歌是凭借特别的语言手段从内部获得更新的。雅各布森认为，新的题材内容所能做的只不过是为新的语言形式——声音、句法、节奏等——提供他所谓的动因而已，因而把革新的分析建立在外部或社会原因的基础上是错误的，而赫列勃尼科夫关于从诗歌语言内部出现新形式，产生新内容并最终产生新境界的主张则得到他的认可。雅各布森将赫列勃尼科夫诗歌语言系统和马里内蒂（意大利诗人，未来主义创始人）语言系统做了区别，并强调了诗歌本质上具有服从内在法则的特性，它的交际功能则被削减到最低限度。简言之，诗歌的“材料”就是词，而传记、心理、政治等等因素则在其中扮演着非常次要的角色。从这篇文章出发，雅各布森大概在文学批评史上第一次把诗歌内部词语相互作用的重要性提高到了前所未有的高度，把文学批评从传记和社会批评臃肿的侵蚀下解放了出来。这也顺便解释了为什么一般的诗人一旦涉足所谓的现实主义题材，其作品往往显得笨拙不堪，而赫列勃尼科夫晚期无论是对于“一战”、十月革命还是伏尔加河流域大饥荒的涉足，并不以自己诗歌的魅力减色为前提，因为无论他涉足怎样的现实题材，都遵循着他自己创立的诗歌内在法则，这当然是大诗人才拥有的能力。

1922年春夏之交，为了积蓄力量能去阿斯特拉罕探望亲人，赫列勃尼科夫和好友画家米图利奇结伴前往诺夫哥罗德附近的桑塔洛沃村休养。在这里，命运开始对这位“地球村主席”进行报复，因为这位诗人曾经用各种“捕鼠器”、“陷阱”、“火柴”威胁命运。赫列勃尼科夫的身体终于在多年患病之后垮掉了，1922年6月28日是诗人解脱折磨的时刻。他留下最后一句话：“是”——以回答“你死得难受吗”这个问题。米图利奇画了几幅画，题为《赫列勃尼科夫的弥留之际》，诗人被埋葬在溪水村乡间墓地，墓碑上刻着“地球村第一主席。”追忆一位伟大诗人死亡的细节，让人觉得难受，但是“诗人之死”的确有着非同寻常的意义，因为死亡本身到底是诗人所有作品最后的句号，尘埃落定之前，他的诗歌是无法被全面准确地评定的。另一方面，诗人之死的许多细节会唤醒其诗歌中许许多多的隐喻，它们仿佛乘坐着诗人在诗中描写过的各种鸟——太平鸟、反舌、知更鸟、琴鸟、画眉鸟、火鸟、拍尾鸟，等等——的翅翼翩然而来，仿佛要将诗人通过词语的密道探知的有关世界的隐蔽真理再度显现在世人面前，但可以肯定的是世人将再次视而不见。这就是这位伟大诗人沉寂的命运——他太伟大了，世俗的眼光甚至追不上他高大的影子。

致谢。感谢何家炜，原本我们并没有太大信心翻译赫列勃尼科夫，一方面赫列勃尼科夫诗歌是出名的难译，另一方面如果我们翻译他只能从英译本转译，而转移存在误读和错误的概率会更高。但到底架不住对他持续多年的强烈的好奇心，去年春天我们从英译本转译了五十首，在投稿给某诗刊的同时也寄给了家炜兄，没想到家炜兄当天就回邮说赫列勃尼科夫可以做，可以放在巴别塔诗典里出，“翻译按照你们的时间和节奏来”。这使我们很受鼓舞，并打定主意翻译这位命运多舛、曲高和寡的卓越诗人。感谢王嘎兄，通过查找俄文原文帮助我们解决了十几个地名、人名等专有名词的翻译难题。感谢嘉莹，在我们合作翻译的几位诗人中，赫列勃尼科夫是嘉莹最喜欢的，她经常将在翻译过程中感受到的惊喜告诉我，我想这大概就是优秀诗歌带给人们的最本质的喜悦吧。

2018年5月17日于广州

“严酷的静谧拉紧弓弦”

严酷的静谧拉紧弓弦
抵御黎明喧闹的呼叫
阴郁灵魂里的夜之巢穴，
驱散灼伤的呼喊。

喧闹的呼叫开始颤抖，
吸纳寂静像一面盾牌；
追捕进黑暗中去杀戮——
数百杀手，数百头颅。

弓弦松弛，在手边被击倒
寂静说明将来是什么，
通过混乱力量的冲突
飞走。

（1908）

_2

“眨眼睛的太平鸟在哪儿鸣叫”

眨眼睛的太平鸟在哪儿鸣叫
在雪松的阴影里，
树枝在哪儿摇曳和颤栗
反舌鸟转瞬间就飞走；

在雪松的阴影里
大把光束飘动着，
树枝在哪儿摇曳和颤栗
燕子转向季节
当他们飞走。

在支离破碎的阴影里，
在白昼最黑暗的深渊里，
他们在上面盘旋着呼啸着。
像一群漂浮的时序女神，
以至于，转瞬间飞走。

你是太阳、歌曲和歌手
你用嗓音触及我们的灵魂，
所有季节里罕见的歌手，
而你却飞走。

（1908）

“在这里，我赞美那些翅膀”

在这里，我赞美那些翅膀，
残酷飞行，他们把我带到远方，
去往自由的象征，那蓝色的维度
被太阳的光环加上穹顶，
高度，高度，到那绝对的顶点——
那不朽的歌唱的雪鹭。

（1908）

“传来急促的呼啸声”

传来急促的呼啸声，
鸟群从天空下降。
像窸窣作响的树叶
他们不会飞行。

像一对在我之上的巨大翅膀
我注视着天鹅座风暴的发展。
阴云是一些庞大的鸟
拖拽着地狱之上的暮色。

神秘的柔如羽毛的阴影
在翅膀广阔的圆弧里漂流。
我逃往虚伪的科学
莽撞匆促地进入黑暗。

（1908）

“空荡荡的水域之上”

空荡荡的水域之上，海鸥的回声在滑翔。
我是未来沉默的退潮，
我是静默未来的涨潮。
芦苇在颤动，在颤动。
小船驶离。
渔夫哭泣。

（1908）

“强劲梦想之上的”

强劲梦想之上的
时间的小溪，
时间石头之上的
小溪的急流。
在湖边——
敬畏的缄默
洪亮的急流。

（1908）

_8

“云的咏叹调浮动着所有绝望”

云的咏叹调浮动着所有绝望
在遥远的高高的山岭之上，
云的咏叹调抛洒着他们有天蓬的阴影
在遥远的荒无人烟的景色之上。
云的咏叹调翻滚着他们有天蓬的阴影
在遥远的荒无人烟的景色之上……
云的咏叹调浮动着所有绝望
在遥远的高高的山岭之上。

（1908）

“白雪伙计，高个伙计，明亮的灯塔”

白雪伙计，高个伙计，明亮的灯塔，
你母亲遭遇了什么？
白雪伙计，高个伙计，明亮的灯塔，
他们将你母亲埋葬在哪儿？

（1908）

“你是我的歌”

你是我的歌，我深蓝色的
鸽子的梦，我冬天昏昏欲睡的雄蜂，
缓慢的雪橇和金色的旅行
通过积雪之上灰蓝色的阴影。

（1908）

“倦怠的翅膀降落在寓言中间”

倦怠的翅膀降落在寓言中间，
被一个女孩的护身符屏息着制成；
纠缠在扣除的金羊毛中
让我死在这里，你的怀中。

（1908）

_12

“他甜蜜的眼睑合上了”

他甜蜜的眼睑合上了，隔绝
我年轻的月亮之歌的悲叹。
我的亲，我的死，我的光，我的看，
我的夜晚我漫长的一天。

（1908）

“纵情酒色的严寒天气”

纵情酒色的严寒天气
击毁黎明疲惫的翅膀。
无辜时代的灯光熄灭
火鸟冻僵，坠落。

（1908）

“悲痛的心灵，迟钝的心灵”

悲痛的心灵，迟钝的心灵，乌有的心灵，三姐妹，身披
婚纱的女孩，和荒凉的哀号一同起舞。
她们旋转，俯身，停住，用手臂和腿缠绕
落入癫狂的卷发的泥潭。

（1908）

“女—人和女—人”

女—人和女—人
在沉寂的森林我们形单影只。
我们彼此相爱。
没有女友，没有妻子！
我们彼此荫蔽。
只要我们相爱，谁在乎我们是失败者！
我们没有妻子！
我们分享彼此的生活！
在盛大的青春我们形单影只。

（1908）

“我的包破裂”

我的包破裂
一切事物坠落到地板上。
它想起我
世界是一个颤动的嬉笑
在一个被绞死的人的脸上。

（1908）

“一个陈旧颅骨的”

一个陈旧
　　颅骨的
　　　　死亡救济，
狡猾的老鼠忽隐忽现。
一个老年谵妄症的
　　救济，
去结婚
在乡下的屋顶之上。
那是全部。

（1908）

“碗从长桌上被放逐”

碗从长桌上被放逐——
有人在剧院顶层楼座畅饮烈酒。
神赐的葡萄酒也是野兽的盛宴——
公牛抬起他们蓝灰色的角。

（1908）

“一群马用几个小时钉掌”

一群马用几个小时钉掌
吵嚷着像打雷，挤进一片牧场。
它们粗糙的身体逐渐排成队列，
他们闪烁的眼睛随着时光而闪耀。

（1908）

“雪是大地的梦”

雪是大地的梦，
雪是冬天的梦；
坟墓里种子萌芽的瞌睡，
子宫里种子萌芽的苏醒。

（1908）

“不是现在”

不是现在。我像每一个人！
许多痛苦。如此
痛苦的种子。
谁在乎暗示？
我爱你吗？
不是没有。你是。
星星。
没有天空
从来没好过。
笑声依旧。

（1908）

“陀思妥耶夫斯基式疾驰的乌云”

陀思妥耶夫斯基式疾驰的乌云！
正午普希金般炽热！
夜晚像费奥多尔・丘特切夫，
填满未知世界深不可测的充盈。

（1908）

“谁想听有关”

谁想听有关
一个生活得非常辉煌的小女人的故事，
噢，真不是红极一时的女士，
只是有点肥胖的蛤蟆：
她有点矮，脚步蹒跚，穿着连衣裙，
拥有许多重要的松树般
长青的友谊，他们中所有的王子。
她在春天去拜访
你知道她划桨的方式
在她的觉醒里，通过明亮的倒映的旋涡——
那个湖泊的愚蠢的小女人。

（1908—1909）

蚱　蜢

闪光的字母，翅膀的前灯
薄纱般缥缈的蚱蜢
填充他的肚篮子
用神圣草甸的青草。
吱！吱！吱！ 刺耳的拍尾鸟
唱着歌！
天鹅白的奇迹！
更明亮，更明亮，明亮！

（1908—1909）

“巨大的树栖怪物”

巨大的树栖怪物，带着
令人惊讶的大屁股高高悬挂着，
紧抓住一个拎水桶的女孩，
在他身上滚动着她勾人的双眼。
犹豫了一小会儿，她是一只苹果
在他毛茸茸的手臂的枝条上。
巨大的怪物——相当可怕，
真的——懒洋洋地来回兜圈。生命自有其魅力。

（1908—1909）

“在伊泽利岛上”

在伊泽利岛上
我们曾相处融洽。
我去堪察加半岛
在那儿你是衣帽间女服务生。
来自阿尔泰山顶峰
我微笑着说：“嗨！”
在阿穆尔河[①]的岸边，
爱情。

（1908）

---

① 阿穆尔河，即黑龙江。

“新人，我们赞美你”

新人，我们赞美你！
年轻人，我们赞美你！
喜悦的人，我们赞美你！
无所不晓的人，我们赞美你！
强者，我们赞美你！
巫师，我们赞美你！

（1908）

“我们吟诵并迷醉”

我们吟诵并迷醉，
哦迷人的魅力！
没有胡言乱语，没有夸夸其谈，
没有道貌岸然的魅惑！
这个口若悬河的女巫
已经投下她的魅力——
我们明白她的吟诵意味着什么！
这儿夸夸其谈！那儿言不由衷！
你这令人着迷的巫师，
施展她的魅力，
未选定它，不假意待它，
低估它，详论它，
合唱：换瓶倒出！放弃信仰！
他不能。她不能。
为什么她不能放弃信仰？
为什么他不能不假仁假义？

激昂地一直吟诵，
没有放弃信仰。
高音部的合唱。

（1908）

浮华的求婚

我发现天气绝对迷人——
给我正挪开的你亲爱的小手，
去帮助转换优美的口音，做就对了，
因此！像这样，然后：篮子里的死亡！在法棍面包中！
在路旁：什么样的白色隐现
在夕晖中？那是一棵树？或者仅仅是我的奇想。
啊呀，请允许我。这词语如此有教养。
我用优雅的步骤
陈述我的事情。我鞠躬着开始。"假设
你也一样被爱吸引，
你必须加入我们。一个优雅的傍晚。
女士，当然他们递给我的玻璃杯
将起泡。你明白我吗？"
风快速抓住云诅咒的后裔，
她拍击他的脸！那对我意味着什么？

我看到这耀眼的消息，
这萤火虫的微光：联系，他们
说，追随来世是毫不费力的。

（1909）

“沉思，黑暗，和高雅”

沉思，黑暗，和高雅——
陌生人，你不是
昨天吓唬小孩的男人？
“妈妈！”他们叫道，“他是邪恶的！”然后跑走。

你去探访我的爱人
她带着傍晚的空气，
说：“请允许我介绍我自己……”
然后嘲笑：“……你是多漂亮……”

她扭动手指上的戒指，
微笑着像卖弄风情的女人，说道：
“先生，我听说过你的邪恶冒险——
但是为什么你的手套是红色的？”

“相信我，女士，

那些故事不是真的——
我看上去像邪恶的冒险家？
我只是和你一样老。”

“哦先生，我简直不能相信……
你有如此忧郁的眼睛！”
几缕蜘蛛的闪光飘浮
在水镜般的天空中。

两个人在路上被看见，
小船消失……
而一个对水的长长的拥抱
使我爱人的悲叹趋于沉寂。

（1908—1912）

“好吧，灰褐马，时间设置耕犁”

好吧，灰褐马[①]，时间设置耕犁
在旁边。暴风雨鞭打我们的脸。
时间重新返回谷仓，
去吃晚餐，梦想，和黑暗。

（1909—1912）

① 灰褐马，俄罗斯童话故事和民谣中的神马。

“我游过苏达克海湾”

我游过苏达克海湾，
我骑着一匹野马。
我大叫：
“俄罗斯已经灭亡，不再存在，
现在像波兰一样被分割！”
人民惊恐地注视着。
我说：
“现代俄罗斯人的心像蝙蝠一样悬挂着。”
而人民在忏悔。
我说：
“哈哈！大笑，窃笑！
哈哈！大笑，窃笑！”
我说：
“打倒哈布斯堡①王朝！囚禁霍亨索伦②王室！”

① 哈布斯堡，奥地利王室，欧洲最大的王朝之一。
② 霍亨索伦，德国普鲁士王室，1701—1918。

我写下鹰的羽化边缘，金色，柔滑，它盘旋在
　　坚固的大翎毛之上。
我走在美丽的湖边，
穿着树皮鞋子和天蓝色衬衣。
我也是美丽的。
我有一根旧的带坚固圆头的青铜大头棒。
我曾经有一个双簧管和一个锯短的号角。
我的照片是用我手中的颅骨拍的。
我在彼得罗夫斯克看见海蛇。
我去乌拉尔，把里海的水，
倒进喀拉海[①]。
我将卡兹别克山巅的雪称为永恒，但我更喜欢
乌拉尔秋天柔软的锦缎。
在格里本山脉，我发现魔鬼鱼的牙齿
而银色的扇贝巨大如同法老王战车的轮子。

（1909—1910）

① 喀拉海，北冰洋边海。

缠绕的树林

缠绕的树林充满声音
森林尖叫，森林呻吟
怀着恐惧
看见持矛的男人投掷他的矛。

牡鹿的角为什么沉重地垂下
带着爱的动人的标记？
金属箭头的闪光击中臀部，
并且估算正确。现在野兽受伤了

跪倒在地。
他的眼睛深深地看着死亡。
马匹发出得得声，鼻息声和咔嗒声：
“我们带来高大的那匹。无用地奔跑。”

无用的只有你细腻的手势，

你近乎女性的脸。没有行动
能拯救你。你从毁灭中起飞，
并且迅速搜索持矛的男人跟随。

气喘吁吁的马总是在靠近，
鹿角的分叉总是在降低，
弓弦反复地嗖嗖射击，
从伤害和危险中既没有帮助也没有雄鹿。

但是他突然发火，毛发直立，怒吼——
展示了狮子残忍的爪子。
用懒惰缓解他的接触，戏弄——
讲授那恐怖的诡计。

默许的和静止的，
他们着手填充他们的坟墓。
他愈加狂暴。帝王的咆哮。
在他周围到处躺着被击败的奴隶。

（1910）

“我们想要成为星星的密友”

我们想要成为星星的密友——
我们曾经疏远太久。
我们发现扮演恶棍的快乐。
要大，要大胆，要像巴克拉诺夫[①]
或普拉托夫[②]，或奥斯崔特萨[③]——
停止哈腰
在穆斯林的威严前面！
让政客气急败坏——
往他们眼里吐痰！
就像摩洛赞科——
站起来并证明！
艾韦艾图斯拉夫应是我们的模范：

---

① 巴克拉诺夫，即雅科夫·巴克拉诺夫（1809—1873），沙俄将军，高加索战争的英雄。
② 普拉托夫，即马特维·普拉托夫（1753—1818），顿河哥萨克军团统帅。
③ 奥斯崔特萨，即斯捷潘·奥斯崔特萨（？—1638 或 1641），十七世纪发生在第涅伯河沿岸的一场哥萨克农民起义领袖。

“我来了！”他对
他的敌人哭叫。你们北方的狮子，
把我们被玷污的骄傲还给我们。
看见叶尔马克。你们奥斯利亚伯利亚，
我们的祖先跟随我们——看！
飘动，飘动，俄罗斯旗帜，
在父辈精神之上引导着
到这沉寂的，可疑的国土。
像大弗拉基米尔一样糟糕
或者多布里尼亚的战斗乐队。

（1910）

“我看见他们：螃蟹，公羊，公牛”

我看见他们：螃蟹，公羊，公牛，
全世界仅仅是贝壳
谁的珍珠和乳光
是我的虚弱。
敲门声，唧唧叫，口哨和沙沙声的容器，
然后我认识到那波浪和思考是相似的。
这儿，那儿，在银河系，女人升起
在黑暗中沉醉于昏昏欲睡的单调。
这样的夜晚，没有坟墓是恐怖的……
而傍晚的妇女，夜晚的葡萄酒
变成唯一的王冠
我是谁的男婴。

（1909—1912）

“发情的大象，撞碎乳白色的象牙”

发情的大象，撞碎乳白色的象牙
那似乎是白色的石头
在艺术家手下。
发情期牡鹿，用鹿角互相盘绕：
在古代的性交里他们像是拥抱在一起，
在狂热的吸引和通奸里。
河流交错着冲入大海：
它看起来像是一个人的手卡住另一个人的脖子。

（1910—1911）

“人们相爱”

人们相爱，铸造
长期的相貌，长期的叹息。
野兽相爱，在他们眼中
升起渣滓，
因为少量的泡沫而窒息。
恒星相爱，用地球的
纬线覆盖夜晚，
起舞着去遇见，去交配。
诸神相爱，形成
颤抖的宇宙
进入诗篇，
就像普希金的激情
为了沃肯斯卡娅的女仆。

（1911）

“黑人的眼睛”

黑人的眼睛
大海进入远方。

（1911—1912）

“绿色森林里的一个小妖精搜寻”

绿色森林里的一个小妖精搜寻——
柳树，吹着他的口琴——
一丛白杨树在那颤抖
好心肠的云杉瀑布般悬挂着。

阳光的舌尖舔着
一抹辛辣的森林蜂蜜；
哦，他抓着的手臂冰冷：
我完全上当了。

我不能忍受他的眼睛一眨不眨
断然对抗——
他的表情充满恳求的允诺，
他眼中冰锥般的痛苦。

草坪耙的手指挑剔我

从一丛摇晃的柳絮里；
他有深蓝色的叹息
和一个身体里所有胆怯的肉体和泛滥。

我错过一两次，撕裂
在年轻的狂热中。
树瘤眨眼睛朝我使眼色；
“那条路在哪儿？为什么？”

（1912）

“让我们都是莴苣的头”

让我们都是莴苣的头；
让我们不要让刀子搅扰我们。

（1911）

“我看见一只老虎”

我看见一只老虎，他蜷伏在一根木头下
用他的叹息吹笛子；
他凶猛的力量在波浪中收缩，
他眼中燃烧着嘲弄的火焰。
在他身旁，一位优雅的女仆在说话
一边优雅地歪着头：
“老虎和狮子，众所周知，
不能携带符文。”她说。

（1912，1922）

“当马死了，他们叹息”

当马死了，他们叹息
当草死了，他们枯萎
当太阳死了，他们熄灭
当人死了，他们歌唱

（1912）

“跷跷板的律法争论”

跷跷板的律法争论
你的鞋将变松或变紧，
此刻将是白昼或夜晚，
大地的统治者是犀牛
或者我们。

（1912）

“裸体的石松在树林里复活”

裸体的石松在树林里复活
像一颗枯树。
当黑暗的心在词语里裸露
他们尖叫：他是疯子。

（1912）

作为人民

一只想飞得更高的鸟
飞进蓝色里。
一个想变得更高的淑女
穿着高跟鞋。
当我没有任何鞋子
我去市场买了些。
某个丢了鼻子的人
可以去弄一个仿造的。
当一个国家发现它没有灵魂，
它去邻居那
买了一个！售卖！
……并被赋予灵魂！

（1912）

数　字

我仔细端详你们，数字。
我看见你们打扮成动物，凉爽地
披着一层皮，一只手支撑在连根拔起的橡树上。
你们给我们一个礼物：在宇宙的脊骨像蛇形运动
和空中天秤座的舞蹈间达成一致。
你帮助我们看见诸世纪犹如
笑着的牙齿的一道闪光。看见我智慧干瘪的眼睛
睁开去认识
我将是
什么
当它的被除数[①]是一。

（1921）

① 被除数，除法运算中被另一个数所除的数。

“黑夜里满是星座”

黑夜里满是星座。
自由或约束的优点是什么，
智慧是什么，
在你广阔的页面里，
在我之上的书，什么宿命是我必须辨别的
在这广阔的午夜星空中？

“我不需要很多”

我不需要很多！
一块面包，
一杯牛奶，
上方的天空
和这些云！

（1912—1913）

“黏糊糊的天空闻着是蓝灰色的”

黏糊糊的天空闻着是蓝灰色的，那是牛乳的气味。

对我表示爱意，对我好！

我在流血。你是我的灾祸。

我被钉牢至死，在一棵古老的空心树上。

（1912）

“月亮开始流动”

月亮开始流动——
暴露她自己，
隐蔽她自己，
然后某人长声尖叫：噢！
划破天空。
光的面容编织她自己
在云的合唱里。
面包放在桌子上。汤上了。
他们说一个裸体女人
因为月光而变得漂亮。
沙哑的声音，红润的脸庞
大嚼蘑菇；他们
喝着，流着口水，狼吞虎咽。
我不能从你身边离去，永远。
天空拿走蓝色的，黑色的，灰色的残羹冷炙，
安静地将它们缝进夜晚。

而他们正忙于吞咽鱼子酱。

（1912）

放荡者的回声

但你的一瞥是苍白的，马眼黯淡，
用一条黛青的条纹镀了银。
你的头发全部纠缠。声音的阴影
编织耀眼的图案。

噢，年轻人！快乐的人
从不了解情欲的火焰，
为了他认识看不见的星星，经由你
在天空中深蓝色的峭壁。

（1912）

“在长春花的药剂里”

在长春花的药剂里，
你们蚯蚓，
用一根黑线，激发
两块湿漉漉的礁石。
我是一本隐藏名誉的
烧焦的航行日志；
它并不意味着我是虚空
或格外可怕——
我只是疲惫不堪，
不再热情，
我坐在这儿，温暖我。
不要动我的脸
在我肩上的悬崖上
但是让某人歌唱的声音传递
唤醒我自己手的听觉
我最终会发现——

她的围巾把我冻坏了
就像冬天撇下大地?

（1913）

“我生在大象背上”

我生在大象背上
由少女的身体形成。
每个人在任何地方都爱我——我是毗湿奴
重新，编织这寒冷的美景。

你大象的肌肉，他们肯定会向你显示
在童话式的狩猎队伍中
去观察温驯地垂向地面的，
那垂落的形状，那友善的象鼻。

你黑色的幻影在白色中，
更白，比花更白，
你的身体在我下面颤栗
细长犹如夜的卷须。

我是白象上的菩萨：

一如既往，忧愁，纤弱。
这些少女中的一位回答说，看见了我
带着感激的微笑的火焰。

记住，要体现一头威猛的大象
在任何地方一点也不可耻。
你们这些少女，被梦想迷惑，
一起温暖地编织你们自己。

重演象牙的起伏是困难的，
塑造巨大的脚印是困难的。
长笛的声明，花环歌集的宣告：
他和我们在一起，在我们身上，那蓝眼睛的神！

（1913）

一个变得困惑的人之歌

我曾看见黑色松针
在一块石头的油画布上；
她的手，我以为，瘦得像骨头——
然后它敲击了我的要害。

这么快？这么奇怪，此刻在傍晚站在
你旁边的，一副骷髅；
伸直一只长长瘦瘦的手
用魔法把星座变成你的房间。

（1913）

懊　悔

一个寓言

你知道他们用来治疗的草药；
它生长在肮脏的地方。
这是一个古老王子的传说：
俄罗斯在这里和蒙古人战斗
在早年明亮的日子里。
带着一堆糟糕的抱怨
新年取代了旧的一年，
他所有部落的伙伴在忙乱
在说笑，推撞，吹哨之后
淫荡地进入他们乡村的管道
他们贪婪的面颊变得膨胀 。
但是同样的土地已不再欢笑
自从那天鹅之歌听起来就在头顶上，
并且那骨头，那骨头——“懊悔”，他们疯狂哭喊
在他们亮绿色黑麦的笼罩下。

那骨头，他们在永远哀号：
“我们将永远记住战争。”

（1913）

“飞翔！三个小字母被允诺的世界”

飞翔！三个小字母被允诺的世界
忙碌地清洗你的小翅膀，
什么有可能是甜的或者更好
比看着你咽下我的字母？

（1913）

“今天我们再次出发”

今天我再次出发
进入生活，进入市场，
率领歌唱的大军
去反对卑鄙小人和种族的叫嚣。

（1914）

“一束黄色的金凤花”

一束黄色的金凤花。
闪电般的邪恶之眼。
一个女人摘下一朵花，轻轻走过。
不久窗户的眼睛发出巨响
下面的喧嚣笼罩在我们的头顶。
廉价小说书被浸湿了。
隆隆的云是蓝色和黑色的
在听到两座城堡倒塌的王国
那只强有力的母猫跳了出来，
暴风雨！……谁在怒视
蔫掉的花朵。

（1915）

“黑人国王在人群中跳舞”

黑人国王在人群中跳舞，
巫医猛敲着手鼓。
高大的黑人妇女放荡地高声大笑，
草人给他们的嘴着色，并且燃烧。
肮脏的大锅冒着气泡：
一些鸟的骨头，和一个小孩。
我们的老父亲，太阳的帮手
他无意中伤害到我们。
七次从太阳到地球。
我们期待，我们是安魂曲。
黑人国王在人群中跳舞，
巫医猛敲着手鼓。

（1914）

“成吉思汗我，你午夜的种植园”

成吉思汗我，你午夜的种植园！
深蓝色的树，在我的耳朵里回响！
琐罗亚斯德[①]我，你黄昏的地平线！
莫扎特我，深蓝色天空！
戈雅，黄昏，黄昏！
罗普斯，你午夜的云！
但是微笑的暴风雨消失了
在咯咯笑声里和爪子的冲击中
让我蔑视刽子手，
去勇敢面对夜晚的沉寂。
我唤起你厚颜无耻的傲慢，
从河流中，溺水的女孩浮起来。
“迷迭香，比回忆更强壮！”

---

① 琐罗亚斯德，公元前628？一公元前551？，古代波斯琐罗亚斯德教创始人，据说20岁上弃家隐修，后对波斯的多神教进行改革，创立了琐罗亚斯德教。

我对着夜晚的航船大喊。
地球的轴线又一次变圆，
带来势不可挡的傍晚。
我梦到我看见一个鲑鱼女孩
在午夜瀑布下。
让暴风雨刮向松林的马迈怪物
在巴图敲打的云之下；
来吧词语，像寂静的恶魔，
所有这些神圣的演讲已死。
用沉重的足球去娱乐
走来蓝色天际的哈斯杜鲁巴，追随者，等等。

（1915）

“从果园里传来一阵安宁的香味”

从果园里传来一阵安宁的香味，
苹果花和金合欢。
那男孩阿里纳正在斋戒
并且害怕她可能跌落。
死人漂浮。
昨晚。它是光荣的，狂喜的。
死人划桨。
白色面纱上寒冷的一瞥
在燃烧和闪耀，
而坟墓的阴影安静下来
那一吻甜和咸的滋味
午夜之水一旦
包围下行的台阶，
幻象便悄悄溜走。
他们简单地低语，“真主比斯穆拉……”
在水面下，他们滑过他们的头颅

并且在海浪的低语里消失。
白雪和款款柔情的减弱
到处，像雅罗斯拉夫人的手
在描画的佩切涅格人[①]之上。

（1915）

① 佩切涅格人，突厥游牧民族，6世纪开始占据黑海以北草原（至12世纪），10世纪时控制了顿河与多瑙河下游之间的土地，从而构成对拜占庭的严重威胁。

“这些纤细的日本阴影”

这些纤细的日本阴影，
幽怨的印第安处女——
没有什么听起来如此悲哀
犹如最后晚餐上的话语。
死亡——但首先是闪光的生活
再次：未知，不同，立即。
这个法则是唯一的韵律
为了死亡之舞和学识。

（1915）

“告诉你的小猫不要咬”

告诉你的小猫不要咬，
当我死了，我将赞助你。
葛饰北斋[1]将画出你的嘴，
穆里罗[2]将画出你纯洁的眼睛。

（1915）

① 葛饰北斋（1760—1849），日本江户时代的浮世绘画家，他的绘画风格对后来的欧洲画坛影响很大，德加、马奈、凡·高、高更等许多印象派绘画大师都临摹过他的作品。

② 穆里罗（1618—1682），西班牙画家。

“国家，脸面，时代过去”

国家，脸面，时代过去，
看起来像在梦中，
一条曾经流动的小溪。
在大自然移动的微光之镜中
星星是网，我们是他们的捕获物，
众神是一道墙上的阴影。

（1915）

野兽＋数字

当豆娘蓝色的微光
闪烁着穿过乡村的炊烟，
一个东西显现，一些新概念，
而知识分子遇难船在数字的岸上。

“孩子们，孩子们！”神父呼喊着，
当他听到雅典的使者说话的时候。
关于朴素的数字的脖子
精神与物质悬挂着像一件披风。

当非永生的心灵厌倦了深思熟虑
一些方程式——深紫色，天生的泡沫——
他们的目标，记住，是去高塔
直到他们能触摸到天空。

置换那火刑柱，那障碍物，那十字架！

想象数字犹如一个铁质装置。
甚至旋风也松弛下来，
与数字面对面对质。

我用墨水写这些字句：相信我，
赞美我们所有人的日子近了！
而那粗糙的野兽安静地耷拉着，
一对原始的密码在他爪子上！

但是当他听到
关于这些声音和日子的温柔吵闹，
他将会跌倒犹如撞击
在岩石上，在岩石上。

（1915）

“这年秋季是一个兔子的事”

这年秋季是一个兔子的事
没有眼睛可以分辨
哆嗦的季节来自颤抖的野兽。
善于应变，全黄色的，
秋天颜色的居民。
死了的树叶和残茎
在山坡上，沼泽地里的树桩
到处都是，以至于那眼睛
盲目地眨动，不知道
一次快速的颤抖
来自另一次恐惧。

（1915）

一个模糊的记忆

记起？
我命令擦鞋工
从我的鞋子上
刮掉小熊商标；
我抛硬币去宇宙
然后制作一个古代文字的
焦虑的表述。

黎明贫瘠的土地在哪儿
被诸世纪的骑士所耕种，
我命令乌鸦飞行
并且顺便对天空说：“帮个忙好吗。死亡！”
稍后我有了一个更好的主意——
总是寻找更大的笑声——
我砸毁人的种族的
火柴盒

并且开始阅读诗歌。
行星地球轻松配合
在疯子的露指手套的黑暗曲线中……
现在跟着我！
　　有什么可怕的？

（1915）

“一群蹄印，大象的钢锭”

一群蹄印，大象的钢锭，

让我们给那只老虎戴上皇冠犹如在一个梦里，

让我们一起疾驰飞奔。我们在一起，

成群的我们，穿着运动短裤。

十什么也不是！我们很多人——一个部队的朋友。

让我们用信鸽运输炮弹。

让我们像世界上第一个公民那样移动，那只狼，

惊跑雕刻在查特穆里克[①]水罐上的马匹。

让我们比那只狼更聪明，俄罗斯大地上原始的涂鸦，

并且赞美灭绝的门牙，凶残的战斗。

让我们扭断方言的脖颈像小鹅仔。

我们被他们发情的啼声烦死了。

---

① 查特穆里克，哥萨克地区的一个地名。

让我们封锁这宇宙的言论，不让它
咬还年轻的我们；
让我们在精瘦的白色猎犬中移动
挥舞着我们的短马鞭，玷污着
毛茛，用来自于被宇宙的尖牙撕开的
我们脆弱的双手的血，
宇宙那淌着口水的嘴巴。
让我们铸造一个卡农炮的梦
从被遗弃的文学卡农炮中。
年轻聪明的我们将抛弃那些老朽，
那些没有为我们自己，为我们的世世代代
建立世界政府的人。

（1915—1916）

“我的肘部磨破了”

我的肘部磨破了
温暖的胸膛：
唤醒，消遣的女儿！
那座桥抵达它的抓手
进入有同情心的步兵。
桥梁由淹死的人的尸体建造。
死神坐下梳理
她致命的头发
像成群的蚊蚋，消耗的生命
做他们可以去攻击她的东西。
他们深厚的云层
缭绕着非金属桩的墓碑
全能的亚马逊[①]女战士！

---

① 亚马逊，是一个谜一样的古希腊女战士族，她们与无数希腊英雄战斗流传在不同的传说之中。

你们的头发越来越长，越来越重。
我要收集你们梳弃的毛发，给我做一个枕头，
总有一天我要闷死你们。

（1915，1922）

“少女们，少男们，记住”

少女们，少男们，记住！
今天我们看见了谁，看见了什么……
那些空洞的眼睛和嘴巴不再微笑
因为他们——记住？——昨天。
悲哀我献上，你们这些众多的居民，
深陷于大屠杀的皱褶中！
男人们为你准备
在肮脏病菌的大浅盘上。
士兵立即投入战斗，好战的，娴熟的。
被死亡掀掉头盖骨，他的 S 跌落。丧生。
年长的，他睡着了。比生活更具声势和甜味。
那里有死亡主管战争的终结——
用食物供应墓地蠕虫。
你太可耻！砍下西伯利亚所有的树——
仍然不够做你需要的拐杖。
为什么不从斐济群岛带来专家，

屠夫艺术冷酷邪恶的教师，
并让他们发展厨艺学院
我们在哪儿学习吃人肉，手和心脏？
我拒绝！让我们去发现战争，那食人恶魔的妻子，
那在她衣服里炫耀尸体的食人魔的妻子，
让我们呼喊，像男人曾经做的那样：
“死亡怪兽，当心我的枪矛！
你已经吃了太多斯德洛格洛夫式烹饪的人肉！”
不要来践踏我的大陆！
做一些梦想不到的事情，完全的新，
你的马匹拖拉着世界的灵柩！
雷鸣到来，保守黑暗的秘密，
在你午夜的耳朵里将它深深埋葬。
我认定那一天将到来
当真主乱涂：“停止！”在星星的铁铲上。

（1915，1922）

“‘喂！’那匹狼充满活力大声呼喊”

“喂！”那匹狼充满活力大声呼喊，
“我吃掉强壮年轻男人的肉！”
一位母亲说：“我的儿子们都走了。”
但我们是你们的长辈！我们决定！

不管怎样，现在年轻人比较便宜，
没有？非常便宜，罩衣便宜，输煤管便宜
苍白的幽灵，用镰刀收割我们人类的农作物，
所有阳光都为你们的工作而骄傲！
“来救你们的年轻人，你们的死人，”
城市沿着它的街道哀号，
声音像手推车货郎兜售他的鸟——
你所有帽子上的新羽毛！

曾经写过“最后的鹿歌”的人
现在挂在一件银色野兔的毛皮旁，

用膝盖捆绑起来，在储藏室
紧挨着肉、蛋和奶油！

综合起来，石油价格下跌
但年轻人不见了，黑眼睛的国王
晚饭后我们的谈话结束了，
而我们爱他，需要他，明白吗？

（1915）

坏消息，1916年4月8日

谁，我？我也是？这个麻痹的胜利？
这个反奥涅金？
我，冒犯了那些在他们既有道路上的人民？
我，那个注视着R离开俄罗斯的人，
我，被俄罗斯最好的东西所抚育的，
　　最辉煌和最好的，
我，在最辉煌的鸟的歌声中纠结？
我有见证者！
你们这些画眉鸟，天鹅和仙鹤！
我，谁曾想我的生活竟远离了？

我也是？你的意思是我将不得不抓起一杆枪
（一件装聋作哑的事情，
比书写笨重）
然后沿着大路去行军，
一天跳出 *365×317* 的常规心跳？

敲碎我的脑袋并忘记
那成立二十二年的政府，
进攻着元老政治家的疯狂？
我，那个写所有这些诗的人，
他们连接起一把
通往银色月亮的梯子？

不，不是我！我有一件礼物
来自有天眼的女巫？
我的姐妹。

带着它通过文字的迷宫，我追踪我们人类的线索：

我们一直没有从我们的手指间放走
我们祖先的预言愿景。
虽然我们已经学会了飞。

我是痛苦的，我一直没有找到词语去描述
一个我爱着，却背叛了我的人。
不，我是疯狂的元老政治家的人质；
我仅是一只他们想去驯服的害怕的野兔
根本不是**时代之王**
像人们称呼我那样。

一个小小的台阶，只增加了 *a*

然后那 *i* 掉了出来，一根微小的金色权杖

遗失在倾斜的地板上。

（1916，1922）

“国王运气不好”

国王运气不好；
国王被囚禁。
九十三步兵团
将是包括我在内的孩子的死亡。

（1916）

“我在察里津”

我在察里津[①]，那儿
河流奔腾像少女的头发。
一个未知的宿命，一场未知的战斗
那儿拉紧弓弦的树木模糊了光线……
九十三步兵团
将是包括我在内的孩子的死亡。

（1916）

① 察里津，伏尔加格勒旧称，是一个南方城市，位于伏尔加河畔，受伏尔加河的滋润，历来被称为俄罗斯的“南部粮仓”。

“太过经常评论的我的面孔之书”

太过经常评论的我的面孔之书：
白色的，白色的页面，两个弄脏的月亮。
在我身后，像一个脏脏的小矮人，
床单莫斯科在抱怨。

（1916）

棕枝主日①

我不得不等待许多个世纪
为了这个发现：那天蓝色的敌人
和幽暗亲切的阵阵烟雾？
我把我自己囚禁起来。
你们已经遗弃了我，诸神：
双翼不再在你们的肩膀上颤抖，
你们不再察看我，当我写作的时候。
我们陷于污秽，拖拽瞎眼的人性
于我们身后纠缠的网中。
那些正在死去的棕榈树已经被孤立
在一个糊涂的老女佣手中
没有理由现在去挥动它们。

---

① 棕枝主日，亦译“圣枝主日”或“主进圣城节”。《圣经》记载，耶稣“受难”前不久，骑驴最后一次进耶路撒冷城。据称，当时群众手执棕枝踊跃欢迎耶稣。为表纪念，此日教堂多以棕枝为装饰，有时教徒也手持棕枝绕教堂一周。教会规定在复活节前一周的星期日举行纪念活动。

战争之笔画出一个又一个句号，
墓园在郊区扩张犹如首都——
不同的人们，不同的处置。
整个茫茫人世已经包扎它的双脚
用年轻男人身体褴褛的带子；
在我心中的珍珠壳里
我忍受着我的口哨里恶意的嘶嘶声。
古老大门之上的锁链和门闩，
一个乞丐，一根扭曲的棍子。
以及人类肩膀的力量
照耀在破烂衣服之下，噢心照不宣的占星家！

（1915—1917）

“隐匿在飞鱼的学校里”

隐匿在飞鱼的学校里，
严酷的，鱼神皱眉。
爆破，爆炸，呻吟，悲叹，
匆促忙乱地——然后它走了。
远处火焰中的红色床单，
男人们的尸体扭曲着变黑。
汹涌的波涛喊叫着死亡，
在坟墓的幻象中碾磨着我们的脸庞。
一个墨水池惹人厌的痕迹
减弱，他的肋骨绊在死亡的带子上。
减弱，像一门被遗弃的加农炮。
现在那甲板挂在它的后腿上，
不再被任何东西所稳固。
美人鱼，编织你们的海藻头盔！
聚拢起来去埋葬死者，
清洗干净他们令人哀伤的肉体。

用亲吻覆盖这些苍白的骨头！
那儿在天空里，云的国度，
人类派人到水面上去，
冷酷地把蓝色的烟切成碎片。
在哪里已经这样抓住你，人们？你们仍被困
在你们祖先苍白的坟墓中：
这是喘息和颤抖着的死神
在这儿一起合作，在她的拴绳末端。
最终她筋疲力尽了。可怜她的
声音反复烦扰着，“驾！”
她的移动多么痛苦地慢下来。
她坠落，她头颅撞地。
某人他不愿注视一只铁轮
辗过一只麻雀的眼睛
那双眼盯在一只牛鼻子的枪口上
那枪口带着悲伤的力量开枪了。
那血腥的兽皮滴下自由到杯子里：
虽然它是苦的，它将灌满它。

（1916—1917）

漫画里的战役

一旦地球上升到火焰中，
冷静下来问：“我到底是谁？”
然后我们将创造伊戈尔的传说——
或者许多诸如此类的东西。

这些不是人民，不是神祇，不是生灵
这些三角形占据灵魂的曙光！
这些是在黯淡悲哀的宴会上举起的高脚杯，
充满毕达哥拉斯的阴影和角度。

坚强的少女不停地编织她的长袜，
疲倦地，倔强地。她的钢铁外壳
在空中飞行，而一个炮手
不见了，尽管他英俊又年轻。

考虑一下西装和脸面

在他的流言蜚语中，债务是无聊的谈话！
这些牙医的钻头是在海上装配的，
那布维的炮塔——臼齿，冠以高塔！

视力模糊的海泡石老人
从他的啤酒杯上仰望，
用命运和羞耻来威胁我们
当他抖掉泡沫。

（1916）

“总有一天我会忘记斯旺兰”

总有一天我会忘记斯旺兰，
以及颤抖的女儿们的泡沫爱情。
我要把我唱的歌留给我的长笛，
马的王国的歌，这就是我的家乡。
那儿一匹纯种的午夜种马
用他小木槌般的蹄子宣判
有关年轻的残忍杀手：
他们必须咀嚼马嚼子的苦味金属。
那儿一匹野性十足的白鬃种马
站在平台上像个法官，
而四轮马车的舌头搭上了
犯罪的分数，一到一百。
那儿一个纯种的鬃毛振动筛
把他的顶部放在一只冰冷
但有礼貌的手中——但
是谁的手，没有人记得。

那儿鬃毛是空气，眼睛是歌，
远离人形兽雅虎[1]尼亚-尼亚部落！
我们是更好的人，更接近天堂，
当我们让马成为我们的向导。
“人”——我们为什么那样称呼自己？
你可能会恨我，因为我这样说打我
但这总是一件美妙的事
去拥抱马蹄：
他们根本不像我们；
他们更聪明，更守纪律。
他们兽皮的雪白寒意！
他们在石头上步履稳健！
我们不是奴隶，但你是主人。
你是人民的选民！
英俊中尉的嘶鸣，
他们用“做”这个词测试我们
马的比赛是对人的评判，
用新的闪电环绕地球。
战争越过边境，寻找鲜血。
我们喊道：“这片土地不是你们的！”

---

① 人形兽雅虎，出自《格列弗游记》。

黑人，白人，黄种人——我们所有人
放弃吠叫和说话。
不同的法官——你沉重的脚步！
权力不是人类的法官！
昂首阔步，王子！种马，骏马！
（看到语言的残酷预言）
我们有一个共同的命运。那枷锁
对我们来说很容易，就像我们中间的名字。

（1916）

“哦，要是亚洲能擦干我的脸”

哦，要是亚洲能擦干我的脸
在她的头发里——那温暖的金色毛巾——
在这条寒冷的溪流游泳之后
现在理解我，一个笨拙的牧羊人，
河道交错的莱茵河，恒河和黄河。
而在我旁边有一只奶牛的角——
一个锯短的喇叭，一根刺穿的芦苇。

（1916）

“塔特林，带螺旋桨的诗人”

塔特林[①]，带螺旋桨的诗人，
气流的质朴的宣示神谕者！
太阳捕手之一！
他无情的手拧扭着蜘蛛
弯曲成马蹄铁形曲线！
想象力巨大的钳子！
呆若木鸡的盲人注视着
他演示给我们的。
开幕辞，前所未闻的
这些金属加工奇迹的草图！

（1916）

---

① 塔特林（1885—1953），俄罗斯先锋派绘画及艺术设计重要代表。

我

当，模仿托尔斯泰，
我首先阅读凯撒的《高卢战记》，
他极其单调乏味的名字清单
在我的伏尔加河喂养的想象中陶醉
像大群苍蝇。而我记得那时
那老埃及人过去常常称呼所有外国人
什么：嗡嗡叫的人民。
你的时代结束了，凯撒大帝！传下去！
我的声音已经唤醒那嗡嗡叫的世界！

而我回忆起那女人的石像——
那水池和她钻孔的水缸——
去测度她歌唱的美妙，
每个早晨大海在她的眼睛里观测。
我起而迎接塞浦路斯的波浪
在你，玛利亚的大海中。

我秘密的懦夫——
通过你手里疯狂的雪的想象
而卷发在谈话中旋转
像纺纱的雪片
它坠落对偶像的双脚感到惊讶——
看吧，这里没有垂死的勇士僧侣
谁意识到你在雕像的歌声中。

一根黑麦的茎秆，一丝光线，
那金色女神蜜蜂
无畏的蜂巢，
温柔地编辫子。
放肆，疯狂，我大声宣读
并且撕开罗巴克的黑暗
当通过你的手指，沿着你下雪的海峡，
那个无辜的队列淹没。

你嘲笑那个！那个——
充满距离，火光和距离，
沉重，黑暗，预感，
你头发上的铁锭
美。这是一件无聊的事。

任何一个热情年轻的匈奴人都会这么说。

……但你又高又苗条，优雅，
一道微笑的彩虹，
你是一捆新麦，一排黑麦。
你的一瞥是多瑙河的一束光，
你大叫："世界包围着我！"
对你来说常春藤清晰道出了祝福，
而樱花在你出现时落下——
这是花的家族难以置信的表亲！
你是一切美好而美丽的事物——
水中芦苇摇曳的微光，
半遮半掩的莲花似听非听的低语，
梦中柳树上的天鹅
唱着他们尊贵的歌。

（1916）

在山岗上

你是严苛的，并且满怀热情。
我是多瑙河，你是维也纳。

你不知道某些事情，你不会告诉他人——
你在等待多少有些模糊的征兆。
遥远的白杨，茂盛的阴影
召唤土地去做缄默的对话。

大量深红色的丝绸展开
走出黄昏，越过草地。
穿过在狼群后面的加利西亚，
蒙面夜骑恶魔的阴影。

（1916）

“倔强如同鲍里斯·戈都诺夫的波雅尔之妻”

倔强如同鲍里斯·戈都诺夫[①]的波雅尔[②]之妻，
你今天航行过去，天鹅在湖上，
我想我也有这么多期待。
我没有读过黎明的信。

但记住，一旦你真的是神圣的，
这个地方的女神，无所不知而且充满激情，
你的辫子就像傍晚下降的鸽子
栖息在你晒黑的肩膀上。

真的是你！你躲在麦田里，
露莎卡一般，弹奏你辫子的竖琴琴弦。

---

① 鲍里斯·戈都诺夫（约1552—1605），原来是伊凡雷帝的大臣，1598年，他谋杀了应该继承王位的伊凡雷帝的儿子德米特里，强迫人民拥戴他为沙皇，遭到各派力量的反对，引发了俄国历史的动荡。

② 波雅尔，公元10—17世纪古罗斯及俄国大土地占有者，拥有世袭领地的大封建主。

真的是你！使你自己美丽
你用蜂蜜涂抹你的身体，迷人的蜜蜂……

他们金色的珠子
你好像穿金戴银，
脸上，眼睛上，头发上。
你教你的声音加上标点符号

带着被蜜蜂咬的逗号，
不愿与快乐争吵。

我们的女士在麦田里行走，
在夜间穿过麦田，
在这里我逐渐感受到我的感受
变得不再是我了。

这里没有“是”，就不会有“但是”——
是什么被遗忘；会是什么，谁知道？
这里的鸽子在下午茶时间降临
而我们的女士把她的衣服洗干净排成行。

（1916，1922）

“那是泡沫女神的声音”

那是泡沫女神的声音，
白杨树林里的一阵微风，或者那就是一个梦？
或者只是致命的词“他”
反复拍击着码头吗？
或者是一只扇动翅膀的鸽子
在一件白色的连衣裙下，
作为战争中忧郁的灰色幽灵
跌落到大海的尽头？
这是图三，从风暴云里凝视着！
这是一群灰色的海鸥！
这是绒鸭在嘎嘎叫！
充满力量和勇气，
他穿过佩礼带的地平线。

（1916，1922）

“小号从未发出过失败的信号”

小号从未发出过失败的信号：
“你们的同志，你们的兄弟姐妹，都倒下了。”
我决不证明针对你的力量——
残酷的方程式唱出它的歌。
各国自愿前来游泳
像波兰进入我的宅第；
乌鸦飞过，一种甜蜜的景象，
美丽救世主的旗帜！
我永远不会躲在后面……
追随他，追随他！
到无人区！
到尼曼之地的那片绿色原野上，
在铅灰色的尼曼河之外，
到尼曼之地，到无人区，追随，信徒。

（1916，1922）

“她们的脸出自马里亚文”

她们的脸出自马里亚文[①]，
她们的花是柯罗文[②]的颜色，
这些女人抓起传单，匆匆跑了。
那被击落的天车在她们的喉咙里。
她们不喜欢德国人，他吃得好，肥胖。

（1913—1919）

① 马里亚文，即菲利普·马里亚文（1869—1940），俄罗斯印象派画家。
② 柯罗文，即康斯坦丁·柯罗文（1861—1939），俄罗斯印象派画家。

“你的思想流淌”

你的思想流淌
像灰色的瀑布
在早期古老的田园生活中，
谁的数字迷住了蛇
在嫉妒的铁环中
温顺地滚动，
而铁环和嘶嘶声和口哨声
在蛇的恍惚的舞蹈和痉挛中
让你听到阳光般灿烂的蓟
越来越清晰像歌声。
在他父亲儿子的颅骨上
谁钻了一个挑衅的洞，
进入洞里，静静地卡住
银河系芬芳的嫩枝——
在露珠的蓝色珍珠中；
在那玻璃一样的颅骨里，

住在银河系的那根小树枝上——
哦，束状的星辰，你亲密的天堂，
谁的火焰承载着感激的敬意，
有翼的奇迹，飞翔！
我穿戴着整个地球
在我右手的小指上，
而我跟你说，你！
我大喊大叫
一只野乌鸦，一件神圣的东西，
在我凝结的喊叫声中筑巢
和她的雏鸟成长，
几个世纪的蜗牛爬过
我的手伸向星空。

（1917，1922）

“洗衣房里人们匆匆擦洗着他们的灵魂”

洗衣房里人们匆匆擦洗着他们的灵魂，
冲到镜子里将他们的良心碾成粉末，
和某人一样，张开他疯狂的鼻孔，
在他们的车里号叫：“你一无所知？”
于是许多人戴上领结
然后不知道怎么去表现：
踮起足尖或者悬挂在树枝上，
或者把他们要的名字记下来？

（1917—1918）

“莫斯科的一个疯狂的古老颅骨”

莫斯科的一个疯狂的古老颅骨
有字母之眼的建筑物，
一柄剑上悬挂着一个奴隶，
无人哀悼的傍晚的奴隶。

我在石头上磨着剪刀
然后清除这些墙
小孩在那嘻哈然后死去
像延迟悲伤的落叶。

夜晚的女士永远没有影子，
带着她的睫毛的黑色躯干——
她朝半闭的眼睛走去
当我哑然站立，而她宽恕我。

（1917）

“昨天我吹口哨：咕咕！咕咕！咕咕”

昨天我吹口哨：咕咕！咕咕！咕咕！
成群的战争飞下来啄食
我手中的粮食。
不洁净，一个恶魔在我上方
用石板华丽地装扮，
他的皮带上挂着一个捕鼠器
命运的老鼠在他的牙齿里。
他鞭子似的胡子是弯曲的
他的眼睛闪着蓝色的意味。
一只天鹅的白骨
从他的篮子里眼睛瞪得大大地凝视着。
“捕鼠器！”我喊道。“悲痛
为什么要把命运紧叩在你的牙齿里？”
他回答：“我是命运之神，
以数字的意志打破僵局。”
食尸鬼在发光的外衣里蛊惑所有人，

把他们污秽的内脏滴在后面，
在我们的眼睑上跳他们的马之舞——
而我们仍然称她们为女人。
他们在一个仪式性的女巫舞蹈中旋转。
尖叫，“好多！好多！好多！”
他们把香烟碾碎在太阳圆盘上
而条纹像视线之外的幽灵。

（1917，1922）

“从浆上滴下闪亮的阵雨”

从浆上滴下闪亮的阵雨
使水手在它的蓝色里很是惬意。
探险家，在你灵魂的王冠上！
我们观看和惊奇，看见并相信！

描述这个男人：头发亮如黎明，
像成熟的麦秸秆一样的黄褐色；
眼睛像海洋里的浮冰
海象在那儿潜水。

像蓝色的珍珠，火焰
缭绕，制造一顶冰冷的王冠。
如今他的事迹被遗忘，
他远离，遥不可及。

但他坚持用他的手固定着

掌舵。他的武器休息。
他在海上搜寻什么东西吗?
有什么东西在某处寻找他吗?

风越刮越大，越刮越猛，
大海的声音在嘴里吐白沫!
他的低语谁知道
这个被风暴推上王位的人的名字?

当那片壮观的连绵延伸的蓝色
吞噬高耸的星座，
他哭喊：“我在等你，
蓝色羊毛！现在是我的灵感!”

（1918，1922）

“自由来了，她赤裸裸地来了”

自由来了，她赤裸裸地来了
并且用花朵填充我们的心。
我们跟着她的音乐前进
像爱人一样对着天空诉说。
我们是自由的战士，我们挥拳猛击
在我们的盾牌上，坚强不屈——
“现在让人民管理他们自己，
在每个地方，永远！”
让女孩们探身出她们的窗户歌唱
关于我们的爷爷准备去参加的战争，
关于我们的自由，人民胜利了，
太阳的忠诚的市民。

（1917，1922）

“人民高举至上的权杖”

人民高举至上的权杖，
并忍受它高傲地穿过城市的街道。
人民起来行动！……以前，他们做梦。
宫殿，就像受伤的恺撒，佝偻着。

裹在我威严的斗篷里，我跌倒
缓慢地，而且是无限度的。
他们欢快地呼叫，“自由不应失败！”
即使回声在符拉迪沃斯托克。

自由之歌，再一次你的声音！
这些赞美诗——炸弹和子弹击中火焰。
人民为了自由建造了纪念碑
在轨道车那儿我签字放弃我的王冠。

那个深夜议会有翼的精神

用瞄机关枪的偶像的眼睛斜视着
枪管；但是愤怒的虐待，羞耻——
它挥舞着刀，致命地伤害了我。

我做了什么？喷溅人的血液像垂死的知更鸟
在我倒下的旗帜上留下火焰。
当我躺在我的妻妾情妇旁边
用一串婴儿的名字装扮她们。

虐待日！可怕的痛苦可怕的叫喊，
而如今——腐败和恶性肿瘤！
在每一件破旧的大衣里，我看见丹东①！
而克伦威尔躲在每棵树后面！

（1917）

① 丹东，法国大革命时期的革命领袖。

“成千上万的海豹在哭泣”

成千上万的海豹在哭泣——
他们的眼睛是人类的样子，
这些慵懒的水神，
在海洋中穿着毛皮的哀悼被谋杀
当地球
在二十四小时后转身折回，
并闭上他们的眼睛。
环绕的海洋是北极。
看，那起源于天堂的人形
可能是海豹的佛像，
甚至可能是穆罕默德
不是，而大浮冰上全是血。
我将和海豹一同哭泣，
感受他们的痛苦。
在冰上充满血的水坑里，
人类的天堂

被大地弄脏。

（1919—1921）

自　由

狂暴智慧的旋风，
向前！为了女神的缘故！
人民举起他们天鹅般的翅膀，
劳工的血红旗帜！

自由火焰般明亮的眼睛——
在他们旁边，火焰是冷的！
饥饿将引发新的偶像
一旦我们推翻了旧的！

我们是朋友——我们去听音乐吧！
向前！为了自由的缘故！
让我们从大地的尘埃中再次升起，
所有人终于醒来！

让我们开始一段奇妙的旅程

在雷鸣般的行军声中；
如果众神还在他们的监狱里，
我们将把自由还给诸神！

（1918，1922）

“风，谁的歌”

风，谁的歌，
刨口，谁的错？
刀剑的苦差
改变词语。
像爱抚一朵花，
人们爱抚死亡。
东方现在弹拨
力量的琴弦
一个发光山脉的魔术师
可以刷新我们的骄傲：
像冰山一样被明智地覆盖，
我变成人民的向导！

（1918—1919）

“白马，白灵车”

白马，白灵车。
黑裙，枯萎的脸。
正好让我的心准确射击，
比毛瑟枪或燧发枪更准确。
我已选中我的目标，那匹毛糙的鹿。
跟着我，亚美利哥[①]！科尔特斯和哥伦布。
骑士正在移动，挫败在即。

（1918—1919）

---

① 亚美利哥，意大利航海家，发现亚马逊河口。

“战士！你从天堂的刑台上挑选一个线索”

战士！你从天堂的刑台上挑选一个线索
并和一个草率的世界决裂。
一个新的杨·索别斯基
大声喊出：“开始射击！
对一个
用闵科夫斯基①方程式的线
腐蚀他灰色头盔的人，
对一个用马雅可夫斯基诗歌的照明弹
迎战变黑天空的人。

（1918—1919）

---

① 闵科夫斯基（1864—1909），俄裔德国数学家，研究数论及四维时空几何，提出时空的新概念，为相对论奠定了数学基础。

“那片伊邪那岐——”

那片伊邪那岐[①]
向坐在上帝双膝之上的佩伦[②]和厄洛斯[③]
读着物语的大地，上帝头上的顶髻
看起来像雪，一团雪；
那片埃莫[④]拥抱着玛·埃缪
和天恩[⑤]及因陀罗[⑥]坐着谈话的大地；
那儿朱诺[⑦]和魁札尔科亚特尔[⑧]
爱慕柯雷乔[⑨]

---

① 伊邪那岐，日本神话“神世七代”里的圣人。
② 佩伦，古希腊神话中的雷电之神。
③ 厄洛斯，古希腊神话中的爱神。
④ 埃莫，原文为拉丁语，爱神丘比特。
⑤ 天恩，中国神话里的天神。
⑥ 因陀罗，古印度神话中印度教的主神，主管雷雨。
⑦ 朱诺，主神朱庇特的妻子。
⑧ 魁札尔科亚特尔，羽蛇神，古代墨西哥阿兹特克人与托尔特克人崇奉的重要神祇。
⑨ 柯雷乔，意大利 16 世纪著名画家。

钦佩穆里罗①；

那儿乌库鲁库鲁②和托尔③

抄着手

平静地下着国际象棋

在阿施塔特④旁，那个崇拜葛饰北斋——

带我到那片土地的女神！

（1919）

① 穆里罗（1618—1682年），西班牙画家。

② 乌库鲁库鲁，祖鲁人的至高神。

③ 托尔，北欧神话中司雷、战争及农业的神。

④ 阿施塔特，司爱情与生育的女神。

“那谚语和春天的突围”

那谚语和春天的突围
翻阅冬天之书的页面，
蓝眼睛的人在阅读
腼腆的涂鸦，害臊的自然。

一个小金球飞越那张
萌芽的白杨枝条的网。
这些日子，那些金色的款冬花移动着。
像挤成一团的金色乌龟。

（1919）

“充溢着福音”

充溢着福音
一部嫩绿色的《古兰经》，
我清早起来期待
黎明的使者，
出去在头顶的蓝色池塘中
捕捉那太阳鱼，
它投掷它的网
熟练地网住公牛群的怒吼，
一团懒散踱步的雷暴云，
还有夏日风暴那清新的芳香。
我的白杨安琪儿，
大自然的绿色立场，
你高而广地投掷你绿色的网
从你的躯干，在那儿！
那春天的上帝
打呵欠，一条太阳鱼惊到了

在每片闪光的叶片的船底部。
绿色的嘴巴致敬高高的天堂，
吃完！为了太阳神捕捉，
我高高飞翔的白杨
带着号角的咆哮和风的吹击声
释放一个重击
那在蓝色伏特加的波浪中
洗刷草地的重击。

（1919）

“为什么这些眼睛是勿忘我”

为什么这些眼睛是勿忘我
这也是阿伊①的月份！
在夜莺的音符中
听到一个树精的长笛，
这也是阿伊的月份！
那小树精跑走了——
那些法翁②仍然在弹奏吗？
我歌唱着消磨我的日子！
这也是阿伊的月份！
而吹笛子的潘③
是一个粗野莽撞的乡下男人——
这也是阿伊的月份！

（1919—1920）

---

① 阿伊，伊朗的一个地名。
② 法翁，半人半羊的农牧神。
③ 潘，即牧神。专门照顾牧人和猎人以及农人和住在乡野的人，希腊神话中司羊群和牧羊人的神。

“水侵蚀起皱的根茎”

水侵蚀起皱的根茎，
仍然流动在朦胧的树丛附近。
风争执摇摆
甚至。网仍然悬挂在鱼梁上。
汗水模糊了雾蒙蒙的空气。
在一个他们从未听过悲声的地方
一个沉思的，晒黑的男孩在成长；
一个女孩在他旁边成长
岸边夜间的芦苇在颤抖
水中的野草在颤抖，
一些高个，脸色苍白的人
站在树旁，无法辨别。

（1919）

“世界范围内意志的世界人”

世界范围内意志的世界人，
黯淡生长的时光的他者，
僵直坠落的人用毯子盖住田野——
自我是我的名字。

（1919）

“整天都满是蓝迪熊”

整天都满是蓝迪熊，他们
击打那平静眼睫毛的灌木丛，
并且超越凹在你双眼里的蓝色水面
我预知了一个尖锐的命令：停止做梦。
在你搜索的眼睛那银色勺子中
大海发出一只飞向我的海燕，
还有俄罗斯鸟——看！通过未知的睫毛
闪动它的通往发出声音的大海之路。
然而爱的黑海微风翻转了
某人的航行，它沉入圆形的蓝色水域
而这都是春季风暴，一帆风顺——
现在它的所有一切只是一个无望的泥坑。

（1919）

“在白色碟子上的一只黑色螃蟹”

在白色碟子上的一只黑色螃蟹
紧抓一根深蓝色黑麦的茎。
谈话从天气转向
这个懒惰和谎言的大海。
但是等等，一个出乎意料的大声疾呼——
“看呀，在我们约定的日子前，我们做到了。”
像恺撒有一次，去隐藏他的双腿，
拉上窗帘。就是这样。
死去，我亲爱的。人们凝视着，
但是如果他们的视线击中要害，
没关系。你学习回来，尽情地吃，
并说：“为何担心？视线不能杀人。”

（1919）

“一个政治白头翁的国会”

一个政治白头翁的国会，
白头翁的秋季集合。
一大片延伸着的编织柳树篱笆，
光线在风中打瞌睡。
它们警觉的嘴巴一直使
哀伤的哭叫在空气中飘浮，
逆流正在河流中回转，
雪白的亚麻沿着一条线拉伸。
三个女孩在算命——
谁是你的男孩，谁是我的？
那些白鸽一直不间断地飞翔，
腾出他们太过简洁的时光。
无处不在的阴影正在拉长，
铺开一个柳枝的幕布罩着我……
……仍未！

（1919—1920）

“爬着求饶”

爬着求饶
玷污晨昏之际的天空
乌鸦落在哪儿
他的眼睛为何轮番变亮。

（1919）

我的竞选

一群马儿打扮成人
当它看到海的时候就突然掉头，奔跑起来。
对海的恐惧！它超乎预料地膨胀，
像孩子间的麻疹般蔓延。

但那个名字薇拉像西伯利亚般扩张
等待着遭遇属于她的叶尔马克——
嫩绿的，和煦的大地，鸟儿静静生长，
那儿传说中的城堡 A 将完全屈服。

乌有之事溅起水花，超越所有信仰
在薇拉的真理里，像一面镜子反映着我。
哦大海的深深悲伤，听起来
像是土匪的大头棍棒的重击！

（1919—1920）

“如今夜莺的灵巧动作”

如今夜莺的灵巧动作
迟缓了，而第一群鹤的叫声
从《哈尔科夫地区鸟类》中消隐，
著述……我想我是对的，
经由苏什金……
还有秋天悬挂着像一个犹豫的逗号，
现在我转向
那个有着奇怪的冰凉头发的你，
邀请我去品尝
那些“埃及之夜”的冰葡萄酒……
经由普希金。

（1920）

“那儿太阳像现金一般”

那儿太阳像现金一般
同等地照耀着好和坏，
我在我的吉卜赛女人旁独自躺着，
分拣着时间和稻草。

白天是蓝色的而夜晚是黑色的，
一个单一整体的两半；
我是你的奴隶，我亲吻你的双脚，
我们拥抱，一个单一的发光的灵魂。

（1920）

“那是在阿伊河微醺的一个月”

那是在阿伊河微醺的一个月，
阿伊河懒洋洋的一个月。
听，小伙子，你移开视线——
说是什么时候？然后哪个月？
五月！五月！
第一个五月到来，倾泻而下。
微醺的五月！
现在是一个年轻姑娘甜蜜的干草日！
我吟诵着迷醉了，我呼喊，我轻唱浅吟！
我歌唱欢快的六月！

（1920）

甜蜜的谈话

今天的事物
是柔软
和智慧的——
甜蜜的投降
在天空扬帆航行。

（1920—1921）

艰难的谈话

一拳打在脸上，
那是我亲吻的方式。
红，
比粗糙的花楸浆果
更红，
飞溅起水花，
一束红光，
大树枝上樱花盛开——
嘴唇裂开。
空气哀号。

（1920—1921）

“夜晚的颜色孕育着深蓝色”

夜晚的颜色孕育着深蓝色
漂流在一切之上，所有一切值得去爱的，
有人喊出来，那声音压抑，
欲泣，充满了傍晚的痛苦。
一瞬间，当金色亮起的时候，
三颗星星，燃烧在水面上的小船里，
还有一棵孤独的杜松掠过
它的树枝在一块墓碑石之上。
一瞬间，当巨人们在他们头上
扎上猩红色包头巾的时候，
那海风任性的汹涌，
好极了，永远不知道为什么。
一瞬间，当渔夫们的声音
重复着奥德修斯的字句
并超越在远处的汹涌波涛
一对上升的翅膀，在海浪之上徘徊。

（1920）

“你们这些在诗歌工厂蹬着靴子的工人”

你们这些在诗歌工厂蹬着靴子的工人，
传送带运输着思想的地方，
肩负着你们的词语货物：
沉重的打了包的箱子
那儿结婚戒指
和可能的死尸
被储存在锯末中；
标记着“死亡之爱”的纸板箱
塞满了小铁屑——
剩余的愤怒的念头；
一个濒死女孩的叹息
当她往后倒在枕头之上；
宇宙闪闪发光于
湖边蜻蜓的双重翅膀之上，
泡沫的欢乐在他们口中——
在地下的道路上肩负它们，运输它们——

成包成捆的沙沙声和噪声，
哒哒声和口哨声，
一窝蜂的秘密午夜的声音——
闭上眼睛。
它们躺在那儿，这么微笑着的一大堆
你几乎想要逃跑，
跑回到那上帝是一个残忍的上帝
并且激情意味着箭射中的疼痛，
再一次眯缝着朦胧的
午夜迷醉的
坑洼道路和生长超速之地的眼睛。

离开那些邮票和船运标签：
粘上标记准确告诉这世界
我们是怎样到达这儿的。
魔鬼，上帝，处女，瘟疫，
诞生和死亡，宿命和脏话——
刀子在上帝的腹中。

（1920）

未来之城

这儿公共的居住之所，单独的皱褶，
直直地上升，像一页页的玻璃；
他们在这儿大叫，“不再有石头了！”
曾经人类的理性采取控制。
玻璃砖块，透明的矩形，
球面的，角度，在飞行中扩张着，
透明的土丘，一个
清澈透明玻璃蜂巢的集合，
用这些奇怪的街区，呼应着街道建筑，
还有高耸的众城堡，闪耀着白色——
我们进入太阳之城，
那儿一切都是平衡，有序和广阔的。
那儿天空从打开的黑暗中露莎卡的手
拿着的一只蓝色大口杯中倾泻而下，
还有那猩红的球面是穹顶的高度
笼罩在玻璃的霜染发丝中，闪烁着

犹如它洞悉的眼睛探测着夜晚——现在！
一个凝视刺穿天堂
流动的火进入夜的墨汁。
这个人民的宫殿现在命令
覆盖着的屋顶转动开来
去凝视星座的队伍
并详述法律的惩罚。

一座孤独的针状塔楼
站立着，在一个街道转角放哨，
那玻璃幕墙的大道，房间
叠着房间，守卫着沉默；
有趣的，坦率的一大群
年老智慧的人从人行道上往下看。
在一束金色的光线中，关于那个
他们注视的穹顶，智慧的老人们，
寻找着真相，考验着那
从父亲们传递到儿子们的社交网络的模式。
还有那群集的人类的嘟哝声
被这个神圣的兄弟会听见了。

像一本黑色页面的书

这个城市把天空分成两半，
而夜环绕的空虚
变得更巨大，还有一个更深邃的蓝。
在这些厚重玻璃的透明街道的深处，
在深处，
幸运数字的队伍伸延着他们自己，
在一个有天堂之火的地方。
撕毁着生命那粗糙的茧，
大量在宏伟球面及穹顶之下的
明亮透明的窗户
将讲述大量已逝的景象，
将讲述已逝时光的梦想。
在这陡峭的墙壁，高耸的庙宇，
人类种族的父亲们
出现在穹顶边缘；
但是他们的脸庞，像窗户，
像一张网，不能阻止那光线。
在这个黑色的突出的，像合唱团一样，
那新仪式上的人们站立。

在铁路上移动着的钢铁平台
运输拥挤的人群，

一座玻璃宫殿，挺立着犹如一个年老的雇员，
举起它拥有的轴线，孤独地面对乌云。
充满活力的环城公路运输着寓所空间，
阳光空间接着阳光空间，微笑的回廊单元的
一个银色赞颂，便利地固定在位置上，
蓝色的光滑玻璃的家园。
还有，投掷着光线进入这些峡谷，
最骄傲的顶峰的全盛时期，
高高的柱子盛开着寓所空间
夏日的闪电中被包裹着
它为不朽的音乐吹奏长笛
钢绞绳的合唱，捆绑得笔直，
从你的高度奔流而下！
我将永远记得
那透明墙壁的快乐，
刷亮这个城市的快乐，你缠绕着；均匀移动着
在这个小隔间和网格组成的网络上，
在这些玻璃书籍之上，打开它们的书页，
在这些轴线的针状高楼之上，
在这简朴的外表面的森林之上，
书籍的建筑，页面的宫殿，
在展示的玻璃卷轴，

整个城市是一扇透明的反射的窗户，
一支不妥协的命运之手中的长笛。
然后像一个货船搬运工的
在他后面疲惫地拖拽天空的肩带，
你到处投掷玻璃峡谷，
你已经切掉这个玻璃卷轴的页面
并且打开它，像一些巨大的书。
透明的波浪把你卷起，编织在另一个波浪之上，
你堆叠楼层在楼层之上超越疲惫；
你说着，然后词语在狮子的嘴里回响；
你在大量镜子的碎片中反复乘方。

（1920）

“亚洲，我已经使你成为我的执念”

亚洲，我已经使你成为我的执念。
就像少女们触摸她们的眉头，我抓住雷暴云；
我抓住你的夜间谈话
就像我将伸手去触碰温柔而充满活力的肩膀。
他在哪里，那个预告新的一天的人？
但愿亚洲的头发在深蓝色的溪流中
将会淹没我的膝盖，遮盖我，
然后在安静中狂喜的呜咽
并且用她辫子末端擦去她的眼泪。
她已在爱中！是的，并且煎熬着！
她是宇宙的黑暗灵魂！
然后将再一次感觉洪水泛滥我的心
并且点燃那儿大灾难的争吵，
关于摩诃毗罗[①]，琐罗亚斯德[②]，西瓦吉[③]，

---

① 摩诃毗罗（Mahavira，公元前540—公元前468），原名筏陀摩那（Vardhamana），印度耆那教第24代祖师，被尊为耆那教真正的创建者。其弟子尊称他为摩诃毗罗。

② 琐罗亚斯德，古代波斯国国教拜火教之祖。

③ 西瓦吉，17世纪率领马拉塔人勇敢对抗莫卧儿王朝大军的印度民族英雄。

包裹在骚乱和反叛中。
我将变成一个教义问题的创造者，
而你将弯腰解开你的头发
像堆在我脚边的钱币，
窃窃私语："告诉我主人，
这不是那个
我们俩将会去的日子，最终
自由去寻找那道路？"

（1920）

亚　洲

永远是奴隶女孩，你青铜色的胸脯
有着君主的胎记；
替代一只耳环，你的耳朵闪着光
像是政府的印章。
带着一把剑的女孩，天真无邪的想法，
或者一个老太太，暴动的接生婆。
你翻开这本书的页面
这本书的笔迹是那海洋之手用力地书写。
人类闪耀在它的深色墨水中！
沙皇被射杀了——一个感叹号！
欢欣鼓舞的军队是逗号，
还有省略号？就是一块
疯狂的不受抑制的怒吼的领地——
那人民的愤怒，没错——
被世纪之间的裂痕加了括号。

（1920）

那唯一，那仅存的书

我看过黑色的《吠陀经》，
《古兰经》和《福音书》
还有蒙古人的书
在他们的丝绸板上——
全部由尘土制成，大地的灰烬，
那香喷喷的粪便
卡尔梅克妇女每天早晨用它当燃料——
我看见过它们变成火焰，
成堆地倒伏，然后消失
洁白犹如团团烟雾中的窗户
为了催促
那唯一，那仅存的书的来临，
它的书页是浩瀚的海洋
闪动着有如蓝色蝴蝶的翅膀，
那丝线标示着
读者停在他凝视的地方

是深蓝色洪水中所有伟大的河流：

伏尔加河，那儿的夜晚他们唱着拉辛[①]的歌，
黄色尼罗河，他们崇拜太阳，
扬子江，带着人民缓缓流淌，
盛气凌人的密西西比河，扬基佬趾高气扬阔步向前
穿着缀着闪亮星星的裤子，是的，穿着
布满星星的休闲裤，
还有恒河，黝黑的人民是心灵之树，
还有多瑙河，白人穿着白衬衣
他们的洁白倒映在水中，
还有赞比西河，它的人民比长筒靴还黑，
还有暴风雨般的鄂毕河，他们砍劈出他们的偶像
并让他反转面向墙壁
每当他们吃被禁的肥肉时，
还有无聊，无聊的泰晤士河。

人类的种族，你们是这本

---

① 拉辛，即斯捷潘·拉辛（约1630—1671），俄国农民起义领袖，顿河哥萨克人。

封面承载着创造者签名的书的读者，
我名字的天蓝色字母！
是的，你，粗心大意的读者，
抬头！当心！
你让你的注意力懒散地走神，
犹如你仍旧在慕道班[①]。
很快，非常快你将读到
这些山脉，这些浩瀚的海洋！
他们是那唯一，那仅存的书！
鲸鱼从它的书页跳跃出来，
那雄鹰的翼梢扫弯了书页的边缘
当它俯冲穿越海浪的时候，那大海的
胸膛，在鱼鹰的床上休憩。

（1920）

---

① 慕道班是想要参加受洗的人，先要进行基本教义的培训，慕道结束进行考问，合格的才可以受洗，受洗以后就是基督徒了。

当 代

标语项链般挂在墙上
说："……格杀勿论！"
然后仇恨的火焰燃烧起来
在全体新娘前面，
那个农民拒绝去拖拽他的日子
进入筋疲力尽的城市，
然后突然那儿有了新闻：
哥萨克人领袖的药片指示
为了任何值得珍视的过去。
死亡耗尽我们从前的游戏，
我们的现金和即时利润的时代。
我们已经忘却如何去爱，忘却
那儿曾经有亲吻过我们父亲的女人们，
当火车带着他们警示的眼睛，
他们眼睛的火焰摇曳的午夜，
撞碎了牛棚。

谣言接踵而来，
然后在聋哑人一阵令人窒息的叫喊中，
一个意思颤动：“起来靠着墙！”
像鲸鱼喷射水汽，
泰戈尔和赫伯特·乔治·威尔斯出现，
但是收起你的黑帆，航海者：
由这世界的众星去掌舵。
一个世纪我们认为智慧的法则
不过是用来掩饰杀人者的刀；
所有他们的谈话被设置成扭曲的形式
像克鲁乔内赫出版的书中的一本。

（1920）

“两只莫斯科成虫”

两只莫斯科成虫，
演绎神秘的戏剧：
马里延戈夫的赤裸钉起……
叶赛宁的变形……
（“然后上帝变出了一只小牛，
并且把他卷进
一件狐狸皮夹克！”）

（1920）

致亚历山大·克鲁乔内赫

地狱里的游戏，天堂里的辛勤劳动——
我们的第一堂课非常好
一起，记得？
我们在浑浊时间里像老鼠一样啃着——
在这迹象中你会征服！①

（1920）

① “在这迹象中你会征服”，原文为拉丁文。

“有人乖张，有人古怪”

有人乖张，有人古怪。
时光开始朝着秋天吹来。
加里的小屋划分，
装格栅的工作摆在他面前，
喧闹，大肆宣传，以及时髦的高呼万岁，
一个比最后审判日更大的冲击波！
而这儿，在他现在悔恨的潦草笔迹里，他
被他的死对头戈罗戴特斯基所吸引。
嘘——嗒——嗒！仔细倾听！
以另一种声音去解决问题！

（1920）

“像一群羊平和地吃着牧草”

像一群羊平和地吃着牧草
他们在他们的盒子里安睡。
火柴。一旦他们是上帝，喷着神圣的火。
一根小枝桠，它含硫黄的头颅干掉的水滴——
这是人类祖先的恐惧，
那个火的荒野之神，那悲伤的眼，
红色头发的飓风
闪电降临在我们祖先稻草顶盖的房子之上
橡树劈裂，熏烧，
妇女和孩子，老人
以及深色头发的女孩，他们飞扬的辫子，
他们全部逃至森林，掉头去看
并哭喊着，伸着他们的双手到天堂，
在森林里向着尖锐的牙齿，向着那毒蛇咬人的
咝咝声和战栗，一顿给蚊子群的大餐。

洞穴燃烧着熊熊野火：

金舌头和绿舌头，以及蓝舌头灼伤。

那深红色的上帝，绿色的邪恶正肆虐

在他偏执的红色轮辋的双眼；

他曾被一个女人的棍子打过，现在却举起一根扭曲的棍棒：

他的愤怒摧毁了和解。

街坊邻里从他们的洞穴奔跑出来，掠夺那村庄

长矛和刀，叫喊着战争！

“上帝与我们同在！”那战争喊叫着！

当他们从上帝那儿抢掠的时候

他的棍棒和他的红色长发。

“上帝与我们同在！”——在那森林里

那些被烧光了的村民哭泣着。

我们咆哮的祖先，像狼一样狂野，

看着他的房子变成灰烬，

全都没了，除了那些炭块，一团纷乱和喷溅的火星。

除了一手捧的焦渣。

狼眼凿刨着

黑暗。女人们哭泣。

那好房子，那房子里的好东西，没了——

那土豆烤面板和成行的鱼，长矛

和鹿肉，美味地吃。
他逃到小山岗上，迅疾离开。

现在他们的后代唱着战争的歌谣——
“我们与我们在一起！”——并且发明火柴，
那样意味着他们相当地像上帝
还有愚蠢。
去征服光线通过把它关在
如此狭窄的限制里！
“我们与我们在一起！”听着他们混乱的哭叫
甚至在他们死去的那个时刻。
知道那些！记住：我们与我们在一起！
这些是发明火柴的人——
神性的驯服族群，
最终被囚禁的火之上帝，
那胜利是伟大的，同时也是糟透了的。
他们已经降服了火
为了炉灶和机器
从满满的风暴中，胁迫的天堂，
那个原始的火柴盒子他的火柴
仍然威胁这个世界。
火羊挤着，金色的羊毛，

他们在他们的盒子里一个挨一个地躺着，平静地睡着。

但是一次像一只剑齿虎
他们撕碎男人，刺穿他们咬碎他们，
恐怖地照亮他们的金色鬃毛。

现在我自己，贪婪地去收集我的胜利，
也将吸引进另一个严峻的任务！
我将发明那宿命的火柴，
宿命的安全的火柴！
我将用宿命浸湿我的思想，
我将必定浸泡它并点燃它！
“我们与我们在一起！”宿命的火柴，
命运的火柴，宿命的火柴，
哪些人将是我的同志？
我将擦燃点亮宿命
就像我必须的那样
因为这关乎生死。
这是宿命的第一盒火柴！
它在这儿！就在这儿！

（1921）

“涅瓦河了解在最后的晚餐里的那些眼睛的眼神”

涅瓦河了解在最后的晚餐里的那些眼睛的眼神。
这儿，救世主的血
昨日混杂了
北方的躯体
在陈腐的黑面包中。
爱情像河流之上的灰尘那样躺着
劳动者的爱，一个作家的爱。

涅瓦河知道那些眼神
在最后的晚餐里那些眼睛的眼神。
在她的铸铁马匹中，
那些关于她的斯特罗加诺夫宫
的严峻的石雕作品。

疲倦之海的床

犹如河堤般升起，
蛛网缠绕着
沙皇们的坟墓。
当傍晚在桥上的三重灯点燃，
河流奔腾着红色。
一个亲在嘴上的吻。

（1921—1922）

“女孩就是——”

女孩就是
用黑靴般的眼睛
蹂躏我心中花朵的人。
那些女孩睫毛低垂
像越过她们眼睛水池的长矛，
那些冲洗她们双脚的女孩
在我诗篇的池塘里。

（1921）

“晚上周围变暗”

晚上周围变暗
白杨伫立在它的土地上
大海有话要说
而你已在远方。

（1921）

恩泽利[1]的复活节

所有这些有着金色眼睛的绿色花园——
恩泽利的花园。
这儿有橘子树，酸橙树
撒落的幽暗枝条
连同金色露水的水滴，
还有金鸡纳树，
它的淡蓝色的黑暗
是一大群蜗牛。
巴库没有酸橙树，
那儿只有纳尔京[2]精炼厂
毒害着鱼儿，
六须鲇和鲟鱼。
在睁大眼睛的天空下

---

① 恩泽利，伊朗吉兰省境内的一座城市，伊朗最大的里海港口。
② 纳尔京，里海上的一座岛屿“别尤克-济里亚”的旧称，位于巴库附近。

我已经听过关于
深海潜水员疯了的故事。
黑暗。安静。
天空是深蓝色的。
那小小的流浪的太阳出现了
并且使一块酪乳般的天空镀了银。
一个亚美尼亚人经过，
拖着一桶
给别人的吉吉[①]。
一群哥们儿，臂挽着臂，
吼叫着一首醉酒合唱，源自那首
关于拉辛的波斯公主的歌——
他们不到早晨不回家。
一声霹雳，歌声停止了。
听，一条船的号角，托洛茨基号[②]：
托洛茨基号正在靠近码头。
早晨。他们睡觉，他们打鼾，
当歌唱的波浪拍打着河岸的时候。
早晨。一只乌鸦高高栖息在

① 吉吉，一种葡萄酿制的伏特加酒。
② 托洛茨基号，托洛茨基乃苏俄革命家，这里指以他名字命名的轮船。

一棵橘子树冠，
向俄罗斯大妈呱呱叫
像一只库尔斯克夜莺般，
爆裂它喘息的一面。
回家，去北方，
他们称他们为鸣冤者；
我曾记起一个来自伏尔加平原的
野蛮的卡尔梅克人，
乖戾地对我说：
“给我更多钱，一些
在它们上面和那鸣冤者一起。”

我的双脚，在哈尔科夫筋疲力尽，
在巴库布满伤痕，
被街上的孩子和老太太们嘲笑，
现在我在伊朗绿色的河水里洗干净，
在布满石头的水库里充满
黄金多于火的鱼，
回响着橙子树
在无尽的驯服的畜群中。
在佐尔加姆①的峡谷

① 佐尔加姆，伊朗境内的一个地名。

我剪了头发，又已经长长
从哈尔科夫，从顿河
和巴库——我的深色卷发，
思想和欲望的一种纠缠。

（1921）

伊朗的歌

沿着河流往下走，经过老伊朗，
经过绿色清凉的涟漪
经过黑暗深邃的堤岸
那儿甜蜜的水流淌，
一对流浪者一天走着，
走着，挥舞手枪，说着，
边走边射击鱼儿。
且慢，亲爱的……抓住他！就在两眼之间！
两个男人走着，两个男人说着……
我几乎确定我正确地想起这些。
他们煮了鱼汤，但他们并不经常煮，
“必须相信，这是一个马口铁罐头生活！”

远远的高处一架飞机正飞行，
在天空的魔毯上。
那毯子的二代表亲在哪儿，

那用食物覆盖了它自己的魔法台布？
那台布已经在运输途中被延误了，
也许甚至迫降在监狱中。如今我总是知道
童话故事能成真：
今天冷酷无情的事实曾经是童话故事。

而我理所当然地相信伟大的日子正在来临，
但是在它到达这儿之前我将在地下六英尺！
当那伟大日子到来并且他们聚集在远处的时候
旗帜开始在前面挥舞起来，
我可能会从死亡中醒来
但是到那时我将是一把布满灰尘的枯骨。
我应该将我所有的权利扔进
未来的熔炉吗？
嘿你这干草地，枯萎变黑！
河流，永远变成石头！

（1921）

波斯之夜

海岸。
天空。星星。我安静地仰面躺着。
没有一个枕头的羽毛，也没有石头；
只有一只水手遗弃的鞋子。
像萨莫罗多夫在那些红色日子里穿过的
当他在大海上提出抗议的时候
并且开动白人的船去往克拉斯诺夫斯克——
进入雷德沃特。
天要黑了。天黑了。
“朋友，帮个忙！”
一个伊朗语的呼唤，铸铁的颜色，
从地上聚拢着灌木丛。
我拉住他的皮带
帮他吊起他的路。
“*萨乌儿！*”（或者多谢，正如我们会说的。）
他消失在黑暗中

名叫*马赫迪*[①]。
马赫迪?
一只甲壳虫冲出黑色的
澎湃的大海,
直冲着我飞来,
在我头上盘旋两次,
收起他的翅膀,然后盘踞在我的头发中。
他一开始沉着而安静但
突然地开始制造他的声音。
他确定无疑说了他必须说的
而我们也能互相理解!
一条在夜晚和黑暗的契约
被甲壳虫的声音标识出来。
然后他举起他的翅膀,他的风帆,
飞走了。
大海擦掉他的声音
和沙子上一个吻的痕迹。
这一切都发生过!
正如在这儿我告诉过它。

(1921)

---

① 马赫迪,意为“导师”,是伊斯兰教教典中记载的将于最后审判日之前7年、9年或19年降临世间的救世主。

吸鸦片的人

工作在毫无进展的眼镜中
蹲在明天的课程上。
渴望使真相得以不言而喻地运转，
热浪袭人的街道的秘密角落
充满了隐秘故事，肮脏的巢穴
那儿一声冷枪响起！……不，只有呻吟
很快将所有智者从梦中拖起来
那日复一日干着每天必须做的事的智者。
他吸吮干燥的嘴，除了吸吮甜蜜的蜂蜜，
还有带着这毒液犹如带着他朝圣的雇工
出发去寻找梦里昏昏欲睡的彼岸。
立即那神圣火焰的光辉，
那正击打在炽红柔软的铁块之上的锤子，
所有一切全消失了。那幻想的装甲板
封存起一个清醒的思想。
在这些平原上只有锁链生长，

但是现在他什么都听不见，街上没有声音，
没有夜晚，迷人的，被浪费的词语的花朵，
昨天，也没有声音预言空虚，
那每天怅然若失的缓慢的大海声音。
被遗忘，它的所有。工作消失
于思考的烟雾中，在熟悉喜欢的梦想中……
但是这个烟雾的铁链中的俘虏
被他欲望的云雾所捕获，
并沿着他昏昏欲睡的道路走下去
到天堂，那天堂的烟熏仪式，
那儿人们消失了。亚当是孤独的。
这几乎是白天。黎明在夜的破裂中冒泡
然后看见了吗？又一个奴隶。他去上班了。
但是同样的彼岸仍然在召唤，
在铁链的债务中他仿佛
一条船随波逐流，在夜晚烟雾飘浮的伏尔加河上。

（1921）

波斯的橡树

设置如一个空的水壶
在纠缠根茎上的一张桌布之上，
一棵橡树延伸着张开百年的叶子
在一个隐士洞穴边上。
它窸窣作响的枝条
听起来就像协议
之于马兹达[①]与马克思。
“哈——嘛——哦！”
“哇！哇！哈——甘！”
豺狼跑，催促着
彼此像狼群。
但是从巴图的日子来的歌曲的回响
颤抖着那枝条。

（1921）

① 马兹达（Mazdak，约470—529），波斯琐罗亚斯德教的至高神明。

“一头狂野老迈的卷发”

一头狂野老迈的卷发，
一片深色开垦的土地——他的前额。
沼泽地中烧焦的树桩——他的嘴唇。
一只野山羊的乳房——他的络腮胡子。
一个锚索——他的八字小胡子。
带着一个黑色扫帚的白雪公主——他的牙齿。
他蓝色的眼睛满是无眠的夜，
像一块旧毛毯上的孔洞。

（1921）

“我曾看见那年轻的男人，那年轻的先知”

我曾看见那年轻的男人，那年轻的先知，
正躺在森林瀑布边的清澈沙滩上。
那儿苔藓覆盖的树木立在坟墓上犹如夕光中的老人，
在生长过度的蔓藤绳索上诉说着他们的面包。
像一个清脆的母亲和弦，一根铁链掉进深渊，
脆弱的母亲们和女儿们的生命①
生于瀑布，那儿水的母亲
和她的孩子们换了地方。
在下方，河流窃窃私语。
树的枝条像聚集成群的蜡烛
填满峡谷的空洞，还有它的悬崖峭壁
被刻上诸世纪的字母表，
在白色浪花下的怪石

---

① 生命，原文为希伯来语。

形成一个森林女孩的肩膀，
这个赤裸圣人来到海外寻找。
他曾发誓要成为拉辛的反面！
他会再次把公主扔出船外吗？
反面拉辛的幻想！
不。永不。因为这些高耸的树木是我的证人！
在这冰冷的世界浸透他自己，
那年轻男人唱着：
“我已经把波浪变成女人，
并和我永远结婚
给佐尔加姆的露莎卡。
他只可以把一个女人变成一个波浪。”
那些树木低语着诸世纪的演说。

（1921）

“我是一排浪——”

我是一排浪，我卷走
伊朗群山的白色面孔，
我看见我自己倒映
在交叉疾奔的螃蟹的
黑色警觉的眼睛中，
犹如一个近视的哺乳动物的女士
骑在她的驴子上，
还有她灰头发的父亲
将他的头隐藏在干净的衣领中。
我奔跑
和波浪一起，现在
被一条白鲸的尾巴
和海蜇分开，
还有爱因斯坦的广播
关于太阳的幽灵
在怀疑中被打印出来……

……

用字母A给我加上商标。
一道光扫到我并且给了我P。
我升起像一缕蒸汽
进入到空气中，
在烟中升高像一根茎秆，
像一棵白色的树，
一场在海边无辜的降生。
还有那暗藏诡计的东风
用翅膀的声音清洗我，
用北方的涡流输送我。
我呵痒热带雨林
一个飞行员的小胡子
就像美国人的刷子，
还有那天上的马车转动的车轮
回响在我的双耳中。
露珠的影子消失
在夜的白色烟雾中。
一条着火的尾巴笨重地移动着越过
山脉有如一条露出牙齿的蛇。
在莫斯科我感觉到

在雪中，醒来
听见从弹药库传来的枪击声。
这儿我融化进入
从一个女孩的眼睫毛中
滴落入雪中的眼泪。
在雪中我离开
那带有勃留索夫特征的诗人。
我在奥卡河上起航
去往下诺夫哥罗德。
渔夫紧紧跟随我
带着他们的灰眼睛，超越我
他们跟随沿着渔网移动的
梭子鱼。
在下诺夫哥罗德我兴奋
不管愿不愿意，
伏尔加-伏尔加，
在一个年轻男人的口中
而且穿过一个赫列勃尼科夫的
腹部，
然后我升起犹如一道光的射线
去往一颗星星，
然后一个科学家

说：
注意看一颗未知星星
的这个碎片。
研究他：你可能因此破译
那星星上的
生命的整个进程。
那儿我找到树叶人
（它们是等边三角形的）
带着叉状的尾巴
它们靠弹跳移动，
像球。

（1921—1922）

“夜的气息，吸入星光”

夜的气息，吸入星光
到我疯狂的鼻孔，
河床上的破浪堤
关于钉子的，喋喋不休以致吐沫横飞。

一个人经过，你，和在你头上
一件草绿色穆斯林头巾——
我认出我的老师，你的脸
被篝火烧成黑色。

还有另一个途径，
像整个亚洲一样疲惫。明白吗?
他手里拿着
一朵小小的红色花朵。

（1921）

“一股冰水的溪流”

一股冰水的溪流
那儿我被水溅到像一个头脑空虚的毛拉
　　并且雇佣它
契卡[1]已经派人叫我，召唤我走了三十英里
为了一个审讯。
在路上，我们撞上一些毛驴。
那骑手扭头来看。
我们疾驰了约四英里。
“吃一些！”骑手掰断一个烘烤成金色的丘雷克[2]，
一些脆芝士，以及蓝色葡萄酒，
当我们骑过的时候把它们递给我。
（一窝蓝色的蛇蛋
没有母亲在附近。）

① 契卡，苏联全俄肃反委员会，俄文缩写音译契卡。
② 丘雷克，一种美国扁面包。

我们再次疾驰，咀嚼着
这上天的馈赠，当我们骑过。
那些马匹感觉到，马鞍四周切割皮革般的摩擦。
一个微笑照亮我同志的脸庞。
“吃吧，同志，吃一些！”再一次当我们骑行
他带着密集的海洋之眼伸出手。
因此我们两个骑着，出发去审讯，
在群山脚下。
水牛的干牛奶在我的嘴里被嘎吱嘎吱地咬碎，
然后那纯果汁酒在它小小的气球里，
　　还有金色烘焙的面粉。
在小径旁边曾伸展出一片蔓生的森林
在那儿曾矗立一棵古老的树干，将
从头到脚隐身在一株蛇麻草藤蔓的昏暗中：
只有一头野猪可以破坏它，然后迅速超越自己犹如一颗子弹。
营火的残余，黯淡的黑点
被灰烬变白，四溅的骨头。
一个牧羊人和他一千只羊的牧群
现在淹没了我们的小径，
一个汹涌之海的黑色波涛。

突然地，黄昏。
一片黑暗的峡谷若隐若现。
我们旁边的河流变暗，
浅滩是一千块礁石上的蓝色蕾丝。
它是深色的，突然，一张四溅的水珠之网
隐藏我们。那令人生畏的峡谷突然成为
一本石头之书，为了另一些读者，
对另一些世界的观点敞开。
那山脉的村庄稀疏地入驻，那萨克纳亚斯[①]似乎
像我们无法明白的一种语言里的字母。
一块红色岩石直直升起进入天空，
四分之一英里直直往上，然后有人
　　最近一直在读它。
但现在我看不见读者，在天空里，
虽然他可能已经到达附近某处
或许，被包裹在一块下雨的头巾中。
那条在我们下面的河流潺潺不休，做着河流所做的事，
在我们之上的高处是孤独的树的投影。
那些石头宣告过去的岁月

① 萨克纳亚斯，高加索山民平顶的土房或石头房。

是美丽的，站在那儿排成整齐的行列。
它谈到商业的喧闹了吗？或者描述一些爱情
　　不仅温柔而且是无形的？
在石头之上的白色云朵上发表，移动像手指
　　指向诸世纪的多重性。

一些日子后，契卡总结了它无用的调查
　　然后我骑马离去。
在我攀登的峡谷，一条空河床的坑洞们
那儿植物世界的圣地隐伏着。
一棵老梨树在一座花园中，被上帝之花覆盖，
槲寄生，延伸着它宽阔的领土，骚乱的城市，
一棵雄伟的树正折磨着另一种属的树
　　用盛开造成血腥——再见，你们所有人。

再见了你们，傍晚当牧羊人，灰色的夜间之神
　　引导他们的牧群回到金色的村庄。
水牛转身奔跑，然后牛奶的味道和气味
升起像一棵朝向天空的树
溶解进云朵里。

再见了你们，母水牛靛蓝色的双眼

超越了她眼睫毛的黑色网丝；

她充满母性的一瞥爱抚着一头小牛，人们围绕着她。

再见了夜间的黑暗
当那黑暗和水牛一起
流动犹如同样黑暗的云朵
并且每个傍晚我滑动双手
在他们尖锐的双角之间——
在眼含忧伤的女人
头上的血管中，
他们踌躇的羊皮纸卷。

（1921）

“埃及太阳神，在锈色的沼泽之水看见他自己的眼睛”

埃及太阳神，在锈色的沼泽之水看见他自己的眼睛，

想象他的梦想和他自己

在小老鼠安静地一点一点啃着的沼泽地青草中，

在小青蛙正吹着苍白无力的泡泡中，他男子气概的标志，

在切了一条红线的草绿色田野中

在那幅一个女孩带着镰刀

为了燃料和家庭收割芦苇的画面上，

在摇摆着游进水草的鱼流里，

尾巴拖动出小泡泡。

他的眼睛浸在伏尔加河中。

埃及太阳神，延伸进入数以千计的动物和植物中，

埃及太阳神，谁的叶子有生命：蹦跳奔跑着，思

考着，沙沙作响着，呻吟着。

伏尔加眼睛！
埃及太阳神-白葡萄酒！
一千双眼睛注视他，一千支白葡萄酒。
还有拉辛，
那个正洗着双脚的人，
长时间直直盯着埃及太阳神，
直到他脖子的皱纹变成一条血红色的线。

（1921）

“聚精会神地我阅读春季的神学思想”

聚精会神地我阅读春季的神学思想
　　在树蛙有斑点的脚上密谋，
荷马被一场伟大战争可怕的四轮马车所撼动，
　　一个脆弱打击的方式，当四轮马车跑偏
我有同样的尼安德特人颅骨，同样弯曲的前额
　　和你一样，老沃尔特。

（1921）

俄罗斯和我

俄罗斯已经同意授予自由给成千上万的人。
那是一个了不起的举动，
人们永远不会忘记。
而我则脱掉衬衫
还有所有那些闪光的摩天大楼和我的缕缕头发，
在我城市肌体里的
每个人，
突然拿出他们的横幅和旗帜。
所有的市民们，**自我**这个政府的
所有头发卷曲的男人和女人
火速赶往窗前聚集，
所有那些伊戈尔和奥尔加斯[①]
没有人告诉他们去干这个，

① 伊戈尔和奥尔加斯，分别为《伊戈尔远征记》中的男女主人公，此处借指俄罗斯人。

他们在阳光里狂喜
透过我的皮肤偷窥。
我衬衫的巴士底狱已沦陷！
我所做的全部是脱下它。
我已经将阳光授予**自我**的人民！
我赤身裸体站在海滩上，
我就这样将自由带给我的人民
和晒黑的劳工阶级。

（1921）

克鲁乔内赫

一种伦敦感觉的小幽灵，
仍然是一个三十岁的小孩，翼领衬衣以及所有的，
神气的，活波的，灵巧的。
你保留西伯利亚人的后缀，那“乔内赫”，
拴住你的名字像一堆岩石上的囚犯。
你拿走其他人的主意，重复它们
直到击打它们至死。
那一张“英国佬”的面孔——
或者也许是一个被契约束缚的簿记员
厌倦了他的账本。
暧昧文本熟练的编辑，
懒惰，不刮胡子，邋遢，
但有一双女孩般的眼睛
充满温柔，有时。
无尽的八卦，狡猾如他们的本性，

一个恋人个人的贬低奚落。
你这迷人的作家，
比布尔柳克还坏两倍！

（1921）

布尔柳克

你手里拿着一个肥大的画刷四处飞奔，
还有你的红色法兰绒衬衫和双颊红润的脸庞
对于慕尼黑的街道是一次永恒的冒犯。
你的绘画老师
叫你
“从俄罗斯面包篮中来的，
一匹狂野的母马。”
你只是笑，
你的肚皮被欢乐的风暴摇动
那来自俄罗斯面包篮的强有力的风暴。

你知道你的长处，那狂野的“哈——哈”
是你回应一切的方式。
独眼画者，
正擦拭你深色玻璃的眼
用一条手帕，画着“那么——我——我……”

然后在一只有玳瑁色支撑架的
单片眼镜后修正它，
然后像一个钻头
从你的玻璃装甲板后面，你的战壕，
瞧了一眼，还有一种不相信“那么——我——我……”
你把你的访谈者戳得满身洞洞。

你可以立即变阴沉，怀疑
那独眼
给你无穷力量。
你永远不会透露你的秘密：
那无生命的水晶球曾是你的密友，
帮助你预测未来。
无论谁面对你都会对你的意志着迷，
立即被那些黑暗呆滞的深渊所蛊惑。

你的兄弟姐妹，都是强势的嘲笑者，
有着巨人般的身体
和奶油酥饼般的肤色：
他们看起来像几麻袋的全谷粗粮。
塞满了健康，

这个独眼艺术家修理眼镜的圆纹
像一个第三只眼在他看不见的眼睛前。
有时南方的逃犯之歌
在收音机里响起，然后一只窗户外的寒鸦
飞进来看看发生了什么。
同时，窗户四面八方地格格打开
去倾听咆哮的布尔柳克。

大量油画布堆放在墙边。
它们闪烁着各种圆、角和环：
一只黑乌鸦，它的喙闪闪发亮；
深红色油画布被挂在绿色画布边上，痛苦的黑暗；
其他画布起伏如山丘，他们粗糙
蓬松的表面像黑绵羊般颤栗着；
小片的镜面和金属在它们的大衣里微微发光。
你的画刷成堆地躺在画作上，像
血液凝固的沉积。大片各种颜色。
那全是各种装置的展示，那是
勤奋的方法和经验之上的字迹。
它的全部仅是由布尔柳克的死亡之眼投掷的一句咒语。

是什么力量令你变跛
仍然是未知的力量，
带着傲慢的权威声明：
“布尔柳克是一把下等的刀
在可怜的艺术后面？”
巴拉绍夫有没有砍出一道漂亮的疤痕
（在很久以后这样做了）
在伊凡那张可怕的脸上？

俄罗斯，那永远不断扩张的大陆，
已经放大了西方世界的声音，
犹如重复一只怪物的哭叫
放大一千倍。
你这肥胖的巨人，你的笑声从
俄罗斯的一个尽端到另一边卷制成型。
你，一捆第聂伯河
被河口的拳头紧握着。
一个为了人民的权利，针对庞大的艺术的斗争者：
你已给予俄罗斯的灵魂
一个出海口。
绘画世界奇怪的崩溃
是自由的先兆，自锁链中的

释放。所以艺术行军前进
到伟大的沉默之歌，
而你像一个举重者向前推进
穿越大草原肥沃遥远的土地，
给农民一个
最终土地归他们所有的希望，
而它山脉般的谷仓被阳光镀上金色
给予那些愁苦的外出打工者希望。
第聂伯河入海口的丰收禾捆，
甚至那些人状泥块
顺从你。

你巨型心脏的节拍
还有你的脂肪孤独地在笑
使铸铁的波浪大块地动起来。
你唱着复仇和悲伤的歌曲。
你已经探索挖洞进入
那铸铁财富的古墓。
并且像一个
从你祖先古老国土的坟墓中浮现出的英雄。

（1921）

“我已到来像一只蝴蝶”

我已到来像一只蝴蝶
飞入人类生活的大厅，
并且一定会溅到我灰蒙蒙的大衣上
作为它阴冷的窗户上的标识，
透过命运的窗玻璃。
人的生命纸一般厚
带着沉闷的暗灰色
叶子的图案；带着我的尘埃
我必须铭刻我的生命
在命运的窗玻璃之上，
在命运凝视的眼睛之上。
要是我能找到一扇通往其他世界的
敞开之门该多好，那儿鸟儿歌唱
而风是蓝色的，以及其他等等，
甚至死在一只豆娘的口中，
也是甜蜜的。

我的尘埃永远消逝，

我的翅膀永远褪色！

这些窗户是透明的！

超越蝴蝶的他们

看着蝴蝶的爱情

在微风之上跳舞！

我已经磨损

我明亮的蓝色光辉，我的点状图案；

蓝色风暴从我的翅膀掉落，

它们明亮的微尘永远消逝。

僵硬且没有色彩，

我消沉绝望

在人类世界的那些窗户上。

一个开花的数字的枝桠刮擦着

在这陌生住所的窗户上。

（1921）

“梦想替身的疲惫翅膀”

梦想替身的疲惫翅膀，
蓝色天空替身的河流，
不在此地的名望，不在那儿的呼唤，
漫游，这些飞行的雏鸟
慢慢飞离进入它们的梦想，
云朵覆盖的航线正转移，
匆忙地徘徊，像深蓝色的提米尼科夫。
他们年轻光辉自在的歌，
他们暗淡的阳光嘎吱作响的音符——
他们是明亮蓝色的静默大地，
这些从来没有逃离过的东西
飞走进入他们的永恒大地。

（1921）

“命运隐藏她的哈欠，翻滚开去”

命运隐藏她的哈欠，翻滚开去，
再一次我们
脸朝下睡觉
用我们的牙齿撕开枕头套：
我们唯一天然的部分就是那土壤。

该死的！笨手笨脚
在书架边缘那儿，
深海潜水员，盯着星星——
我们在寻找什么？

我们乘着枕头飘到天堂，
一个弯曲手指般的尾巴，这是唯一的线索
把我们带回地球；
我们钢铁的身体前后弯曲

在我们的彻夜疯狂中
陷入天空。命运诱惑我们
进入黑夜无底的空虚。
这是我们的最高成就吗？

透过脸的格栅我们看见天空，
在我们的狂怒中重击我们的头盔。
那又怎样？命运合上梦想之书，
轻蔑地对着我们打呵欠。

像喝伏特加的酒鬼，我们渴望
上面的酒吧，那十二宫俱乐部，羡慕
夜晚神圣的升华。
该死的！我们之间的这格栅！

想想关在笼子里的猩猩，对人露出他的牙齿。

（1921）

“宝贝儿，生命如此宽广美丽”

宝贝儿，生命如此宽广美丽
你的眼睛永远不会累吗？
我想叫你弟弟，你让吗？
如果你这样做，我用我的蓝眼睛发誓
我会举起你的生命之花，保护它。
你和我都一样，我从天上掉下来
正如你一样，这世界持续引起我的悲伤。
我不是他们想要的，从来不是，
我是孤独的人
没有人会爱我。
让我们做兄弟姐妹。你愿意吗？
我们都是自由的，大地也是自由的，
我们不害怕他们的法律，他们不会伤害我们，
我们将制定自己的法律
并用黏土塑造自己的行为。
你是我的花篮，你是美丽的，

我知道一切都很温柔很突然
当你谈论索契和阳光时
当你这样做，你的眼睛瞪得大大的。
我一直都在怀疑我所有的生活
但我现在相信，瞬间和永恒：
在我们前面开辟了一条小径，
没有人能永远掩盖它。
让我们避开许多无用的词。
我将是你的长发牧师
只做弥撒。
我们将喝纯净的海水，
而名望永远不会伤害我们。

（1921）

“这一年女孩们首次叫我‘外公’”

这一年女孩们首次叫我“外公”——
而她们的声音和表情给我的是怠慢
好像我老了——他们贬低我
因为我的身体，一个没有羞涩的盘子
也许是碟子，但还没吃完——
在纳尔赞河的那所疗伤的房子里
我冲洗我的身体，
变得越来越强壮
把我自己再一次拖拉进
一个男人里。静脉重现在我的胳膊上，
我的胸部变得更强壮，
而柔滑的丝绸一样的毛发
开始覆盖我的下巴。

（1921）

“虱子有盲目的信仰，他们向我祈祷”

虱子有盲目的信仰，他们向我祈祷。
每天早上他们聚集在我的衣服上，
每天早上我都要惩罚他们
听着他们爆裂和死亡。
但他们一次又一次返回
在一种平静虔诚的波浪中。

（1921）

“俄罗斯，我给你我的预言”

俄罗斯，我给你我的预言
纯洁的头脑。成为我。成为赫列勃尼科夫。
我已在你们人民的思想深处
扎下根基，我制定好一条轴线。
在坚实的地基上我建造了一幢房子。
“我们是未来人。”
作为一个乞丐，我做了所有这些，
一个小偷，一个被诅咒的人。

（1921）

“随着大规模屠杀的抓钩”

随着大规模屠杀的抓钩，我将摧毁旧的
国家秩序，
有了疾病的墨水，我就能证明粗糙的草稿，人类
　手稿的页面；
随着大火灾之后撬棍的流行，我将铺设
房屋的栋梁，国家的非金属基础柱，并装框建起
　一幢新寓所。
我将用肺结核的钢锯建造一座新大厦，
我将消灭一个新国家。
我将用伤寒症的粗齿锯从墙上扭下钉子，
因此，我将扩展我自己，我伟大的自我，
戴上你的太阳如同我手指上的戒指，
通过一只小公狗眼泪的透镜检查它。

（1921）

“三年内战——”

三年内战——
一个枪的屠宰场和收益
难以忍受的痛苦的嚎叫，
铸铁外壳的伤口。
在一座高山上，他两腿之间的尾巴，
一只眼神凶狠的流浪狗乞求。
一个士兵瞄准它的毛皮
扣动扳机。
农舍被消灭，像比赛一样
精疲力竭。砰！嗙！轰隆！
村里从一边到另一边
都是焖烧的烟雾。
一只黄色的小肚山雀
膨胀，他唱：砰！嗙！嘣！
多么招摇，我的上帝！
法律的毁灭是溃散的

到处都是。
两罐毒气
向村子里开火。
明天不是唯一目标。
田野是成熟谷物的海洋
但没有人留下来收割。
没有人能幸存。可怜的人
谁要逃跑：一颗子弹将撂倒他。

（1921）

“鞠躬！哇！哇”

鞠躬！哇！哇！
黑色的群
鞠躬！哇！哇！
奔跑的狗
鞠躬！哇！哇！
愤怒的雪
鞠躬！哇！哇！
镇子外面
鞠躬！哇！哇！
撕裂的死
鞠躬！哇！哇！
拖某人的腿
鞠躬！哇！哇！
腹部的血
口鼻的雪

（1921）

“战争和野性吹开他的头发”

战争和野性吹开他的头发，吹起来
越过他的肩膀，从他的眼睛里。
在他演讲时恐怖的时光
被沉寂的光线困住，消失。

他略微弯曲的头骨前部，
粗粗的眉毛很硬。
他傲慢的嘴角从来不动，
抑制火山般的部族

　　她喜欢他是因为
流血的景象从未令他烦恼？

（1921）

“错误是你们的，诸神——”

错误是你们的，诸神——
你们使我们成为凡人，以至于我们痛斥你们
我们悲哀的毒箭头。
那张弓是我们的。

（1921）

“当我年轻的时候，我独自离开”

当我年轻的时候，我独自离开
进入深夜；
我的头发浓密
触及地面。
到处都是黑夜
哦，它是孤独的，
想要朋友
想要一个自我。
我的头发着火了，
把圈状碎片扔在我周围；
我烧了我的田地和树木
感觉好多了。
在赫列勃尼科夫的田地纵火！
燃烧的自我在黑暗中闪烁。
现在我头顶
火红的头发离开，

不是我，而是我们——

我们的莱茵兰敌人

害怕穿越我们的边境时，饥荒和疾病的阵阵恶臭。

来吧，南森[①]，正直的古代挪威人，

恢复我们的法律和秩序！

（1921）

① 南森，挪威北极探险家、博物学家。

“人们惊恐地注视；灵魂在痛苦地哭泣”

人们惊恐地注视；灵魂在痛苦地哭泣，
他们丢弃一捆谷物在地上，
和他们的妻子奔向东方，
听到头顶飞机的嗡嗡声。
烈焰中的大草原，
火焰上的圣山。
在孩子们眼中
蒙古人的部落再次出现。
谷物不见了……愤怒的上帝
已经完全砸碎它。
难民们涌向东方。

（1921—1922）

饥　饿

I. 在树林里

为什么麋鹿和兔子奔跑，
在秋天遗弃那树林？
人们吃掉白杨的树皮，
枞树的绿芽。

女人和孩子们在树林游荡，
收集着桦树叶子
为了做汤：桦树罗宋汤，桦树牛肉清汤。

枞树柔软的尖端，银色的苔藓——
从森林来的食物。
他们开始长出像麋鹿一样的牙齿
因为吃掉那些树。

孩子们外出搜寻食物
蜂拥在森林中。
他们生起营火，他们烧烤蠕虫，
他们油炸毛毛虫，他们吃臭菘。

他们挖出鹿角甲虫的肥蛆
填饱他们的饥饿。
他们用鹅杂草烘烤面包，
因为饥饿追逐蝴蝶。

那些最小的孩子牙牙学语像婴儿，
他们的双眼呈巨大的空洞。
他们的脸庞是透明的窗户
而饥饿，自满得意的地主，
从他们脸上显露，在家里。

孩子们日渐消瘦：
他们的嘴巴从耳朵到耳朵竭尽所能张得巨大，
他们的双眼像墨镜——蓝色眼镜，棕色眼镜——
像反光镜在他们脸上闪闪发光；
他们的鼻子锋利如刀尖，
像一座坟墓上摆放的蜡烛。

森林中的孩童们，
追逐着一只蹦蹦跳跳跑开的兔子。
他们兴高采烈地盯着，看着他远去
犹如他是一个天使，一种天堂的景象——
但是他消失，飞逝的幽灵，
飘扬着他忧郁的耳尖。
那些孩子平静地充满喜悦地站立——
他曾经能做多好的一顿晚餐，
假如我们懂得如何抓住他，吃了他！
草地是他们的面包和黄油，
有着为甜点备着的美味杂草和干草。
“看，那儿有只蝴蝶！有人抓住它！
有人在跑，那儿是另一只，一只蓝色的！”
“我的橡果不见了！那些人吃掉了我的橡果！”
那些蹦蹦跳跳的松鼠生气地聊天。
鼹鼠和田鼠都已消失。
对于狐狸，母鸡的笼舍只是一种回忆。
所有的兔子都很焦虑——
无论圆白菜地会发生什么情况？

II. 在村子里

1

在有木板屋顶的隔壁小屋里
一个面孔铁青的父亲
用坚硬的手指
将面包扯碎成面包屑。
只是盯着。
它不会去满足一只麻雀，那只
刚刚在啁啾的。
时下你用你的双眼进食。
“时机不对。”父亲咕哝。
黑面包看起来像表层土
有着小片的碾碎的松果。
至少他们双眼可以进食。
母亲站在火炉旁。
痛得脸色发白。
饥饿的黑色煤炭
在她眼睛的深坑中燃烧。
一张白色嘴巴里的薄片。

2

烘烤老鼠。
他们的儿子固定它，去到
田野中抓住它们。
在桌子上它们僵挺伸长躺着，
它们的长黑尾巴。
今天这是一顿像样的晚餐。
丰盛的晚餐！
只是不久前那主妇颤栗着
叫喊，把一个大水罐摔得粉碎
如果她发现一只老鼠在奶油里淹死。
但现在，多么安静祥和。
为晚餐而准备的死老鼠
在餐桌上僵挺伸长，
晃荡着深色的尾巴。

3

他们过去有一头牛但他们杀了她。
为了几麻袋面粉卖了她
现在所有的东西都没了。邻居中的一个

杀了她，家族中没有一个人可以。
布莱基。她有壮实的身体
她的乳房装着满满一提桶牛奶。
她有大犄角，并且她真的发出一声咆哮
傍晚时分她为了她的宝宝哞哞叫，
在等待一个答案的时候。
那些小女孩哭了。
但不管怎样她们吃掉那小牛犊
有一次她们还吃了马肉
在村庄里。

4

昨天一个男孩等在小溪旁
抓到三只青蛙。
他们大而肥，绿色的
“比鸡肉更好”
他对他的那些快乐微笑的
姐妹们说。昨晚
在火炉旁，他们聊着
煮熟青蛙，吃了它们。
我想知道是否今天

他们会有蝴蝶罗宋汤。

5

晚餐已经好了，这儿是头盘
在旧的铁制水壶里：煮滚的谷糠。
对饥肠辘辘的胃是有益的。
孩子们，过来喝你们烧开的水
吃一点儿秸秆。你们的汤。
孩子们坐下，现在你阻止那行为，
你们是大孩子了，停止哭泣，听到了吗？
他们全都有严肃的面孔
没有人笑。没有人干蠢事。
母亲像过去通常那样在火炉旁站着
但是她用手捧着脸哭了。
孩子们变得安静又害怕
像神秘的事情发生
或者有人死了。
他们的眼睛变得黯淡，他们的嘴巴仍然张开
晚餐结束了。
然后孩子们离开，消失。

6

在拐角，母亲的眼睛
变得黯淡，凝视着。
然后第二是什么？一个地上的洞
所有拥抱的地方。他们都会躺下
在一起挤成一团。
父亲们和家庭们：
父亲们和母亲们和姐妹们和兄弟们。

7

它有着燃尽的蜡烛谦逊的脸。
火之眼，缺少它
暴雨的睫毛和雨。
它烧掉我们的田地，我们的土地，
整个种群谷物的茎秆
被摇动得像稻草。
那田地渐渐被烟熏黑，谷物变黄
犹如死亡和毁灭。
那谷物枯萎，老鼠吃掉它。
天空病了？

天空受伤了？
它水汪汪的睫毛在哪里？
潮湿的天气，倾盆大雨怎么了？
狂怒的火之眼，正燃烧我们的干草地。
我们的草地和花园，
不断燃烧，它的云一般的眉毛消失了。
人们呆呆坐下
去等待一个魔法，但
一个也没有。
他们正在等死。
这是蓝天的灾难。
这是旱灾。在一连串照顾关爱的年份后，
这个矮小丑陋的小孩。
现在一切——粮食和雨——
和农民的劳动弄虚作假。
农夫出汗的手没有
那个春天撒播好的种子吗？
农夫不是整个春天都站着
仰望，希冀着下雨？
火之眼。
赤裸裸的金色眩光。
燃烧着伏尔加平原的

田地。
天堂之火是残酷的。
他们烧掉了四个名字开头是 S 的地区。

8

“吃光它，小狗，
希望你不会死！”
一个母亲对着她最年幼的孩子叫喊着
然后从一间农舍跑走。
那笑着和哭喊着的声音
从干草棚传来。
她的双眼扑闪着像黑色的飞蛾
被困于她的眉间。
在树林中那山涧的噪声
是什么，那些脚步
正在向前移动？
眼睫毛的倾盆大雨
那个夏天销声匿迹……

9

树林里

峡谷附近空气中的灰尘，
一群人冲出来，奔向那些绿色的小山丘，
奔向三棵高高的松树，
他们所有人都匆忙，焦虑——
棍棒在他们手中，
尖长的胡子，
焦虑又匆忙，
奔跑着，猛冲着，他们所有人，
成年人和孩子们，这都是饥饿造成的。
他们努力去寻找圣洁的土地，
你可以吃的尘埃就像面包
并且从不因此得病。
人们奔跑着，猛冲着。
你是我们仅存的，现在
那一切都不同了！
土壤！尘埃！

10

饥饿放牧着人性。
男人，女人，孩子们，
他们充斥着峡谷

急匆匆寻找神圣的土地。
那用来做面包的土壤。
尘埃，我们沉默的救世主
在百年松树的根茎之下。
就在那一刻科学家的思想
向着其他世界奋斗着，
设法改变生活的梦想
通过思想使土壤肥沃。

（1921）

这棵树

1

在覆盆子灌木丛鲜红的目光之上，在比天空更蓝的欣喜的

信鸽之间，

你追踪那荆棘之路从柏林到孟买！

当居心叵测的秋天来临，而夏天之子疯狂倾侧的时候，

你们尖利的刺猛击，戳向眼睛，

刮伤奴性的人类的脸庞。

沿着从莫斯科铺设到符拉迪沃斯托克，西伯利亚的钢筋网，

你移动着像灰色夜晚的汽笛声穿越蓝色。

西伯利亚火车的路线，腼腆而又青春如同他们

匆忙地禁欲，

在蓝色中，在花瓣的悲伤中终结。

那儿午夜在大地卷发般的橡树丛的镜像中，
虚无流动像一条河流，树枝的路径被破坏
像骑士的疾驰，像被宣判死刑的囚犯的恸哭
“陷入绝境”
在开阔的空间之上斗争，萨满教巫医的眼睛明亮起来，
在你树枝黑色尖端之上刺穿夜晚，
树，你恐吓了橡树丛：空间挂在你枝条的
钩子上。
哥萨克骑兵长发飘动，飞越田野。
他手中的长矛带着战争的炽热颤抖。
你轻拍那漫天星斗的窗户。
但黑暗没有眼睛。

2

我发誓“我将带着愤怒报复我的邻居”。
嘎嘎作响的俄罗斯重头战棒，噢，夜间沙沙作响的枝条！
压扁夜莺。
夜晚的氧气旋转着进入一张有力的拖拽渔网
挑战苍穹！

回响的啪地一声重击！有一千片叶子的俱乐部！
甚至月亮也在困惑：
在那张拖拽渔网的网洞中，
夜的色彩闪烁
带着鱼鳞阴沉的银色。
每个早晨尼采在森林中遥相呼应。
每个早晨，阳光明媚的贫困，
你摘掉眼镜，为几便士乞讨！
那些星星——尤其在上方的那一颗——
聊了一整夜金发畜群。
这儿有打架斗殴，
还有一个罪犯拳头的
强有力的权利。
捕鸟人被迫接受星星，
你穴居人的手训练的黑色蝴蝶结
在漫长的岁月里
你突然变得强硬，像一个
秘密杀戮的英雄。在地面之下和之上，
那双面城市，它的千扇窗户
像鱼一样跳入大地和天空。
你直直地升起像一支哥萨克矛，
你在为能力而战，似乎在寻求罗巴切夫斯基[①]空间，

① 罗巴切夫斯基（1792—1856），俄罗斯数学家，非欧几何的最早发现人之一，曾任喀山大学校长。

而年轻人寻求一把剑去宣誓。
戴着金色头盔
你的部队行军进入即将降临的夜幕。
上帝在我们这边！勇士们骑行！
在这儿叶尔马克带领自己兵强马壮的部队
去征服蓝色的西伯利亚。
战争的孩子，用鸽子之歌装扮
在秋天你覆盖着黑刺李灌木丛，
你知道松树枝刮擦的声音。
交战的根，慢慢接近敌人，
那森林的路径追踪着银色的烟。
那儿：
叶片的大部队慢慢移动着
去围困天空。
如此慢慢地数十年经过
在他们取代前任位置之前。
一根树枝在一只胳膊下折叠，像一支战士的矛，
像一只鸟，它的喙朝着蓝天完全张开。

（1921）

“空气出卖那黑色的枝条”

空气出卖那黑色的枝条
像旧玻璃。
向我们的秋天女士祈祷，
那秋天的彩色玻璃窗
被加速的子弹粉碎，他们起了皱纹。
一棵树燃烧着像金色空气里的火把
旋转，拐弯。
秋天的钢铁在愤怒，
黄金岁月的火花。
森林里的祈祷会。突然
那蓬松的金色帽子脱落。
树木挺直像干草耙
收集满怀的阳光。
他们秋天枝条的图表
俄罗斯铁路地图。

金色的秋风
吹送我到四面八方。

（1921）

未来的莫斯科

在叮当作响的盘子的魔爪中，
比在猫头鹰爪子里的老鼠更寂静，
寓所的空间飞升
进入空荡荡的框架，彻底搜查
为了人性的蜂蜜，
遗弃的蜂巢
在蜂箱中被
它的一丝不苟的居民们抛弃。
昨天在密西西比河之上
或者跨越灰尘飞扬的扬子江
那房屋隔间晃悠悠悬挂着，
然后高飞，随后在感觉的放松中降落
进入一座懒散的快乐宫殿，
一座无忧无虑的懒散的宫殿。

吃完即飞翔着离开，

一幢高耸巨大的建筑矗立
光秃秃犹如一片秋天的叶子，并且听到
那离开的居所的嗡嗡声。
城市的一片叶子被
飞虫咀嚼得光秃秃。
一片衰败秋天的叶子，
一具透明的骷髅，
那肉体腐烂，荡然无存。
让那些活体组织的细胞飞走——
那筋腱透明的图案
还有叶脉保持了干涸的脉迹
在一片秋天的落叶里。

带着它的花饰窗格的扇页骨架，
一座懒惰的宫殿升起
张满帆布制的船帆。
它在俄咯河上升起，
带着空洞的插槽暗下来，
与一张空荡荡空间里的栅格，
一张深邃的房屋的栅格
为了一个带翅膀的定居点，
像一个放满椅子的大厅

当人群离开——

“这是一个光的居所的会议，

一个玻璃暖房的集会。”

（1921）

“今天麦夏克山[①]是一只猎犬”

今天麦夏克山是一只猎犬，
全白的，带着白桦树冰花的树丛。
一只鸟在他之上，冷到冻僵，
朝着皮亚季戈尔斯克[②]飞向南方。
在一列火花喷涌的火车上飞着，
忘记群山的静寂
那儿秋天弯腰捡拾
仍然躺在空穴中的谷物。

然后怎样？一个无意识转身，
虽然那可怜东西的翅膀已经结冰。
它们的眼睛发出刺耳的摩擦声犹如草坪耙，
它们的心脏是冷漠和冰冷的。

---

① 麦夏克山，俄罗斯境内的一座山。

② 皮亚季戈尔斯克，又名五山城，是俄罗斯联邦位于北高加索地区斯塔夫罗波尔边疆区的一座城市，以其温泉度假区而闻名。

贸易已经刺激他们快乐地过活
将它们的眼睛变得冷酷像枪弹。
现在它们支起一对耳朵
去倾听小商贩大声叫卖他们的商品。

（1921）

独奏演员

当阿赫玛托娃哭泣的时候，她的诗歌倾泻在沙皇别墅上，

我松开这女巫的线头
拖拽我自己像一个昏昏欲睡的尸体穿越沙漠
那儿所有关于我的不可能的事躺着正等死：

一个筋疲力尽的演员，一个假面伪装者，
寻找一条墙上的裂痕。
但同时在阴暗的洞穴里
地底下有卷毛头颅的公牛
一直咬牙切齿，吞噬着人们
在傲慢的威吓的烟雾中。
遮蔽在月亮的背阴处
像迟来的旅行者在昏昏欲睡的斗篷中，
在梦中我跳过断壁
并且从一座悬崖移动到另一座悬崖。

我像一个盲人般移动，直到
自由的风指引我，
暴风雨抽打我。
然后我从庞大笨重的骨肉中切下那公牛的头
将它挂在墙上。
我喜欢一个为了真理的斗士，我当着这世界的面射杀它：
它在这儿！看！
这儿的有着卷毛的头颅曾经是人群为之激发的！
带着恐惧
我明白——没有人可以看见我！

我将不得不播种眼睛。
我的任务是成为眼睛的播种者！

（1921—1922）

“在边远蛮荒之地低语着停止于——”

在边远蛮荒之地低语着停止于
标记为“克豪普瑞”的地方。
那风已经吹跑了“馆”，
敲打着“餐”落到地面——
那过去三年狂野的风，
风吹着！
它击打着锡皮商标，叫喊着：你的生命在这儿！
嘟囔着，呻吟着，拉扯着，那整个同志般的
混乱被打包到一辆火车上，被发送
沿着它的道路滚动——
我们兴高采烈地在一起呼叫：万岁！
命运，你能给我们一个微笑吗？

（1921）

晚　餐

大笑并抬高那些眼睛上的眼镜！
这宇宙的游戏开始！
生和死在捉迷藏，
盲人的诈唬致死那盲人。
正如照亮天空的月亮，
斧刃举起架在壮牛般的脖颈上。
一个男人坐着
在死亡之海垂钓，
他的长发在水中的倒影
闪亮得像一朵向日葵。
他捕获大概半小时生命。
一片厚切的自家产面包
躺着像浩瀚的伏尔加
一座恶意谩骂的悬崖，一处
供老拉辛站立的地方。
他起身像一排波浪，

那宇宙般的波浪
拍打在人性的河岸线上。
活生生的偶像
在张开的嘴巴的框架上：
饥饿的寺庙。
大块烤过的灰面包
若隐若现像乌云。
在令人生厌的浪潮里死亡接着死亡
拍打在人性的海岸线，
飞溅、粉碎，露莎卡般，
在人性的岩石上。
时光流逝
在一个叮当作响的警钟粗糙的外壳上。
在这些伟大的首都城市里——
恐惧陷落，号召杀戮，意志哀嚎——
大踏步走，像拉辛的影子！

（1921）

别惹我！

你们这些兴奋过头的小混混，
你们这些没头脑，当心！
莫斯科来了个新男人，
穿着旧的普加乔夫大衣！

我们没有经历
所有的流血和混乱
所以你可以穿着毛皮大衣
嘲笑我们。

我们没有为这牺牲
我们的生活——
为了看见下贱的恶棍们
玩弄钻戒。

为什么我必须躺在这儿

整晚狂怒？
我将沿伏尔加河顺流而下
唱着我的歌！

夜晚的黑色船只
将载着我们全体船员——
谁将与我同行？
我的同志们，就是谁！

（1922）

“让那庄稼汉离开他的犁沟”

让那庄稼汉离开他的犁沟
去观察飞过他田地的乌鸦，
让他说：那叫声蕴含
特洛伊人的堕落，
阿喀琉斯咆哮的愤怒，还有哭泣的皇后。
当它打圈圈（它的爪子
是黑色的）在他头上，
在一张布满灰尘的桌子上——那儿落着很多灰，
让那些灰尘形成圆圈，弯曲着
像一个浪花里面的灰色，
并让一些学校小男生说：那灰尘
是莫斯科，那儿，那是
北京，或者一块靠近芝加哥的放牛地。
众首都已经环绕地球
在渔夫之网的眼中。
各种世界里的声音产生着

一个在团团灰尘中芝加哥化的星球。
并且让一个新娘，那个不愿意去看
在她的手指甲之下的服丧乐队，
刮去他们之下的灰尘并且喃喃低语：
在灰尘中燃烧活着的太阳，
我指甲的冰冷肉体已经隐藏了
没有思想的世界敢于去理解。
我相信甚至天狼星的光芒也必须黯淡
去穿透指甲下的黑暗。

（1921—1922）

未　来

如果风来亲吻我
我将会描述血液是如何凝固的，
在我灰色的头发里它自己结成块。
还有这双珍珠般的眼睛
会问……告诉我们你的名字，他们会说……

那儿会有更多哭泣
比一周的素食日还多。
那儿会有美丽的颜色，
眉毛会抓住一只白头翁的翅膀，
在疯狂中抚育着星座。
那儿会有美丽的颜色——
雪样的白，黑，和金色，
那儿有马背上的女人，复仇的侍女。
他从武器上飞起来，吓得越来越小。
摩天大楼在他们眼中燃烧。

他们正在寻找一条通往天空的路径。
他们的双唇闪着光犹如猩红的雪，
不停地吞噬遥远的尸体。
穿越恳求的臂膀的丛林
那匹白马疾驰，疾驰得迅猛。
命运说过："如同春天时光里的花朵，
正疾驰的骑兵会贪婪地把你吞掉。"

（1922）

“假设我制作了一个人类的计时器”

假设我制作了一个人类的计时器。
演示世纪之手的运动——
将作战而不是退化像一个未使用的字母，
从我们的字母表掉落，从我们时间的小缺口
消逝？人类有层积，由永远
在扶手椅子中的摇晃中得到，挤压着
战争的主要动机。我告诉你，未来正
到来。在这之上我的超人梦想来临了。
我知道你们是有真正信仰的狼——
我像你一样，将我的炮弹射进公牛的眼睛——
难道你听不到命运的针，正沙沙作响
在她创造奇迹的缝合处？
我思想的力量将淹没
现状的结构——
我将揭示捷奇[①]被淹没的城市，用魔法升起来，

① 捷奇，俄罗斯神话中一座在下诺夫哥罗德市神圣的赛瓦特来亚湖下面看不见的城市。

农奴由于旧的荒唐事而不辨是非。
当地球上的一群总统
将像一块绿色果皮般，被抛掷出去喂食可怕的饥饿的时候，
然后那现状的粗凸螺母
将会轻易屈服于我们的扳手。
然后当有胡子的淑女
掷出期待已久的石头，
那是，你会说，
我们一直希冀
数个世纪。人类滴答作响的计时器！
像我思想的箭头那样移动！
随着政府的自我毁灭而成长，通过
这本书成长，让地球
最终成为无君权！单独的**前地球行星**
将会是我们至高无上的歌曲。
我告诉你，那宇宙是微积分表面上
一场比赛的刮痕，
而我的思想是一扇门上的
撬锁工作，门后有人开枪自杀……

（1922）

“好吧，灰褐马”

好吧，灰褐马，
你在拉动地球，所以
如何快一点走掉？

北斗七星
抓住你的踪迹，
一条梦的鞭子——
我们要去比赛了！

我写很多关于这方面的诗
去把燕麦放进你的桶里。
你会对祖传的干草说什么？
这是一种特殊的荣誉，所以不要声张。

我不是在对你的
灰色外套开玩笑；

我爱你，老姑娘，
我只是想玩！

我会用满满一杯燕麦
填满你的旧桶
在世界大战
征服天空之前。

像凉水流动着
我说我准备去哪儿
并且描述着放牧我的思想的
伟大的《民数记》。

我喂养你因此我们可以
抓牢我们的帆，
当然你喜欢燕麦
还有一个装满水的桶。

我喂养你因为：
我的灵魂是预言家
那个已经看到在天空中
星座开始升起

而雷暴像鸟一般飞起的人。

有白色鬃毛的——我们的朋友，你知道吧？——
它的鬃毛在山上的雪中闪耀。
“我们的，”天空中云的字母说，
那意味着……保持你的火药干燥。

好吧，灰褐马。你正拉着
地球，所以保重。
科尔特索夫[①]的灰褐马，
托尔斯泰的《老灰母马》[②]。

银河系！
谁正叫我上那儿？

（1922）

① 科尔特索夫，俄罗斯常见姓氏。
② 《老灰母马》，一首老民歌。

“高耸的书籍要塞”

高耸的书籍要塞
的棘状顶饰，
在其上打印着居民
的玻璃栖息地的书页。
这儿是城市：活生生的书籍
弄皱他们所拥有的书页，
高耸的要塞据点的表面，
书籍挺立起来，在背面捆束在一起，
那儿雷暴云和耕地的马群
摇动着来自他们灵魂的蓝色闪电的工作表。
噢权利的记述，挺身直立的礼仪！
人们聚集进入人类的干草垛，
舒适紧密地装填犹如烘干的干草。
在这个城市街道的玻璃峡谷中
那个民谣歌手叫我们去玩。
一个没有被结疤的墙壁污染的城市！

适于居住的，人口稠密的页面，
玻璃被编织成栖息地，
闪亮的熨斗。他们打褶的居民
变得卷曲，抚平书籍对称的架子
里的皱褶，作者的名字是声音，
谁的共同的残骸——那些读这本书的人。

（1922）

“三个 V 的，三个 M 的，三个词——”

三个 V 的，三个 M 的，三个词——
你的名字高出你父亲的！
像卡车司机一样高，
你嚼碎沉默的钢铁！
用词语之鞭噼噼啪啪抽打，
在紧张的串联中你抢占了国家。

（1922）

谁?

那家伙
有着大象般的脖子
还有巨大、笨拙、简单、诚实的车辆,
他的嘴唇撇了撇,对这个词“就是那个!”
扬起坚定的下巴
一个男性领袖的下巴,
推动他去解决,去爆发,飞出去!
一个飞行员笑了
当他的飞机撞毁在半空
那宇宙的昏暗闪耀
就像一只铁鸟大笑着爆炸。
一片柔软温和的嘴唇,一片撅着的嘴唇,
一个庞然大物,一个有五英尺宽肩膀的英雄——
他是谁?
他干的事情是,一次又一次,
用一个听起来像微笑的声音,

他攻击他的智慧燃烧的火柴
在愚蠢鞋子的鞋底上。

（1922）

“你感觉到我的召唤——”

你感觉到我的召唤——
我的军刀对着你的衬衫。
你已经没有衬衫了。
在我的军刀后重复：那皇帝没穿衣服。
我们带着一口呼吸所成就的
我召唤你去冷酷地履行。

（1922）

给你所有

复仇，这个词存在。
我的眼泪已经准备好。
没有声音的幽灵
在暴风雪中旋转。
我被精神饥饿的长矛
刺满了洞，
长矛穿透饥饿的嘴。
你的欲望饥饿了，
在雅致的瘟疫的炖锅里
它讨要食物，在奸商的口袋里！
然后我会崩溃，就像库楚汗一样
在叶尔马克的长矛上
去刺穿长矛的饥饿
我必须毁弃我的手稿。
哦，上帝，为了找到我爱的人的珍珠
在街上一个泼妇尖叫着！

为什么我要放弃那一捆书页？
为什么我要故意愚蠢？
不只是颤抖的牛仔的恶作剧，
在火刑柱上焚烧我的书——
到处都是斧头，斧头
和我可怜的诗歌的躯壳。
这三年周期给予我们的一切，
诗歌，也许总共有一百首——
大家都知道的一圈面孔——
你到处看看，被谋杀的王子们的尸体，
乌格里奇[①]随处可见，那凄凉的丑陋之物！

（1922）

① 乌格里奇，俄罗斯雅罗斯拉夫西部城市，位于伏尔加河上游。

“嘿，神圣的人！”

嘿，神圣的人！
老人！
告诉我，你是谁？
怪物还是人？
你的名字叫什么？
群山回答：
怪物还是人？
你的名字叫什么？
没有应答。
他拿着一本白皮书
在他面前，
倒映在蓝色的水中。
上面是古老的格拉哥里文字，
而担心他胡子的风
试图阻止他走路
或者拿着他的书。

里面写着：
“谨防三条腿的马，
也要谨防三条腿的人。”
嘿，神圣的人！
你在追求什么？
群山回答：
你在追求什么？
谁是你的祖先？
你从哪里来？
从两个地方
猛推着他们自己去开路，
而第三条路是大地。
三个农民在黑土地上
还有一群乌鸦。
一个牧民在抽打他的鞭子。
一群恶魔躲在它的缠结里，
避开雨滴；
他们将帮助他照看他的奶牛。

（1922）

“我不仅仅是狂欢的剥树皮工”

我不仅仅是狂欢的剥树皮工
咆哮使我的脸颊变形
像哭泣的婴儿一样号叫。
不，我来自一座公墓
那儿自由的钟声被埋葬。
我举起我的手要被认出
并坚持谈论危险。
我已教给你必须追随的路径，
它是漫长的，隐蔽的，未知的
那儿没有熊熊燃烧的篝火
点缀你的烤牛肉，
或者点缀你的朋友和友谊。
是的，我反叛，我堕落；
白云持续覆盖我
仍然保护我。
但是稍后你摔倒你自己，不是吗，

被翻腾的远方记忆所唤醒，
不情愿地塑造我
进入这石头里的尘世阴影。
因为我不让你忘记那星辰，
因为我能感到这些乞丐生活的伤痛，
不止一次你离去，让我
携带我的衣服潜逃
当我游泳渡过诗歌的海湾，
并且因为裸体而被嘲笑。
但你脱下自己的衣服
一些年以后，
从未注意到我已经变为
事件的主角，
时间之手握住的钢笔
在描摹思想者的思想。

我是仅有的剩下的内科医生
在这家精神病院里，而我要带给你
我治疗的诗篇。

（1922）

拒　绝

我宁愿
注视着星星
而不是签署一份死刑执行令。
我宁愿
倾听花儿喃喃低语
（“就是他！”）
当我出去到花园
而不是看见一支枪
射倒一个
想射倒我的男人。
这就是为什么我将永远不会
成为统治者。
绝不。

我走过的路

阿斯特拉罕
莫斯科
哈尔科夫
罗斯托夫
巴库
波斯
皮亚季戈尔斯克
那火车
莫斯科
自由

（1922）

“再一次，再一次”

再一次，再一次
我是
你的星星。
悲哀如同弄错水平仪
和指南针角度的水手；
他将撞毁于礁石
和隐藏的浅滩。
悲哀如同没有爱
和怜悯而使我犯错的你。
你将撞毁于礁石
而那些礁石将会嘲笑
你
你曾对待我
的方式。

（1922）

动物园

（献给 V.I.[①]）

噢，动物的花园！

那儿铁栅栏看起来像一个父亲，他讲述一个血腥的战斗去提醒他的儿子们他们是兄弟。

那儿德国人过来喝啤酒。

而轻浮的女人出卖她们的身体。

那儿雄鹰栖息像被现代塑造成的永恒，至今仍未被傍晚终结。

那儿那只骆驼，它无人骑乘的大驼峰，了解佛教

---

① V.I.，即维·伊万诺夫，俄罗斯象征主义诗人，也是赫列勃尼科夫最早的赏识者之一。

的秘密并且强忍着一个中国式微笑。

那儿一只鹿感觉它自己在开裂的石块下方。

那儿人民的装备令人惊讶。

那儿当德国人气色健康红光满面，人们皱着愚蠢的眉头散步。

那儿一只天鹅忧郁地扫视——到处都冬天一般，它黑橘色的鸟喙犹如秋天里的一丛灌木——有点太踌躇，即使为了他。

那儿一片蓝色绚烂成扇形散开在它的尾部，还有一张蓝色云朵的网被抛掷越过落叶的金色火焰和森林的绿色，并且由于地面的粗糙不平，所有投影都各不相同。

那儿我们想抓住琴鸟的尾巴，敲击它的弦带，歌唱俄罗斯的英雄主义。

那儿我们紧握拳头犹如举着一把剑，低声说着誓言：去捍卫俄罗斯人的种族，以生命，以死亡，以一切为代价。

那儿猴子各怀愤怒，展示他们斑驳杂色的屁股，并且似乎除了那些悲伤或者害羞的猴子，终于被人的出现而激怒。

那儿大象颤抖着像群山经历着一场地震向一个孩子要东西吃，使陈旧的价值听来真实可靠：“我饿了！给我一些东西吃！”并且跪下好似恳求施舍。

那儿敏捷的熊爬到高处向下瞧，等待着它们的饲养员的命令。

那儿蝙蝠倒挂着，像一颗现代俄罗斯人的心。

那儿鹰隼的胸膛召回一片风暴前的残云。

那儿一只小小的地面鸟在身后拖着一个金色的夕阳，充盈着火的余烬。

那儿我们在老虎脸上看见白色的络腮胡和一个穆

斯林长者的眼睛，然后我们给先知的第一个追随者以荣耀并诵读伊斯兰教的真义。

那儿我们开始思考那些宗教信仰是正在下沉的汹涌波涛，它们散布并造就了物种。

因此地球包含和他们找到见证上帝的不同方式一样多的动物。

那儿动物厌倦了咆哮，站立着抬头望向天空那儿一只关在笼子里的海豹是对于罪人受难的一种生动提醒，来来回回地疾驰，恸哭。

那儿滑稽的鱼翅用抚触照顾果戈理的旧世界的地主们。

噢，动物的花园，那儿一头野兽的凝视有比堆叠的重读的图书更多的含义。

噢，花园。

那儿一只鹰在某件事情上郁闷地沉思，像一个孩子对抱怨生出厌倦。

那儿一只爱斯基摩哈士奇在与生俱来的敌意中喷着它西伯利亚的侵略气息，当它看见一只小猫洗脸的时候。

那儿雄山羊乞求着，通过伸出栅栏摇动它们的蹄子，然后看起来很高兴或者很满足，当他们得到了他们想要的。

那儿高得夸张的长颈鹿站立着，盯着。

那儿一群老鹰，从它们高高的栖木掉落下来犹如雕刻的肖像在一场地震中从神庙和屋顶上掉落。

那儿老鹰，毛发蓬乱犹如一个女孩，盯着天空，然后盯着它的爪子。

那儿我们看见一个“树怪”在一只静止不动的鹿的剪影中。

那儿一只鹰坐着，它的脖子朝着公众而它的脸向着墙，它的双翼古怪地羽毛竖起。它是想象正在高山上怒吼吗？还是正在祈祷？或者仅仅是在忍受酷热？

那儿一只麋鹿通过围栏，亲吻着一只平角水牛。

那儿鹿舔着冷冷的铁栅栏。

那儿一只黑色的海豹用它长长的鳍状肢沿着地面蹒跚而行，像一个被绑在麻袋里的人，像一座铸铁纪念碑突然发现无法抑制的滑稽。

那儿一只毛茸茸的“伊万诺夫”跳起来对着铁栅栏拍着它的爪，无论什么时候他的饲养员叫他“哥们”。

那儿狮子躺着做梦，它们的头靠在它们的爪子上。

那儿那只鹿永不停歇地向笼子砰砰砰撞击它们的双角，永不停歇地抖动它们的头颅。

那儿在一只干燥的笼子里，一群品种单一的鸭子

发出一致的叫喊，

阵雨过后，好像在庆祝感恩节对某个神——有一对蹼足和一张鸭嘴？

那儿雌珍珠鸡有时是会鸣笛的女舍监，有着傲慢的脖子和银灰色的身体，特别从为繁星之夜缝制礼裙的女装裁缝师那订制的。

那儿我拒绝承认马来熊如同北方佬，如同蒙古人一样扯下他的面具，并且想为阿瑟港[①]对他实施报复。

那儿狼群展示了敏捷和忠诚，在它们眯缝着的专注的双眼中。

那儿我进入一间令人窒息的动物屋，我不能久留，遇到一个没有人情味的“笨蛋！”，还有从懒散，巧舌如簧的鹦鹉那来的一阵荚果雨。

那儿那些魁梧的闪闪发光的海象，像没精打采的美人，用它湿滑的黑鳍状肢给自己扇着风，并且掉进

① 阿瑟港，旅顺港在西方的称呼。

水里，当它笨重地回到它的平台上的时候，它雄壮的鲸脂身体戏耍着又硬又粗的胡须，尼采的光滑眉毛的头颅。

那儿一只高高的，白色的，深色眼睛的美洲驼领部和一只驼背的牛角光滑的水牛，以及其他反刍动物经常或左或右移动着，像一个国家的生命。

那儿一只犀牛红白夹杂的眼睛保留着所有未熄灭的对于一个被推翻的君主的狂怒。在动物中孤独地他展示着对于人类的蔑视，如果他们是反抗的奴隶。在他之中潜伏着恐怖的伊凡雷帝的精神。

那儿有长长的鸟嘴，有冷冷的，蓝色的，戴眼镜的海鸥看起来像国际骗子，我们认出那些家伙，通过它们一下夺取扔给海狮的食物的灵巧技艺。

那儿我们记得。那些俄罗斯人经常称呼他们的英雄为猎鹰，而哥萨克人的双眼，深深地隐藏在犁沟般的眉毛中，还有皇家鸟类的国王，猎鹰的双眼，是完全相同的，然后我们开始明白谁教会那些俄罗斯人怎样去战斗！噢，你们这些猎鹰，在空中与苍鹭搏斗！

你们锐利的鸟嘴向里翻转！但是从不会像大头针，由于承载着荣耀，忠诚和责任几乎不会刺穿一只害虫！

那儿一只蹼足的红色鸭子令我们回想起那些在战斗中倒下的俄罗斯人的技能，在那些人的骷髅中祖先们建造了它们的巢。

那儿某一只鸟儿的金色翎毛好似一团火，那火的力量只属于那些已经发过誓永葆贞洁的人。

那儿俄罗斯宣布“哥萨克”这个词像老鹰的尖叫。

那儿大象忘记了如何去吹喇叭，制造噪音，听起来像是消化不良的抱怨。可能吧，当他们看我们如此微不足道，他们会想微不足道的声音是呼吁吗？我不知道。噢，你们这些布满灰色皱纹的山脉！有地衣和青草在你的裂隙中发芽！

那儿精彩的可能性在动物中毁灭，像《伊戈尔传说》的抄本，遗失于莫斯科的大火。

（1908）

诗　人

当秋天来临，树木换装，
被染成绯红色，铁锈色和红铜色，
而寒意折射在瀑布中
预言即将来临的雪的凯旋，
桦树树干微微闪烁着白光
在最后的狂热的视觉中，
冬天的预兆，飞翔的鸟，
对夏天的绿色长久的告别。
倾斜的山腰穿着一件
碎金的披肩，在
幽灵般的裸露斜坡间落下
标记着那些白色的山涧；
那柔软蓝色的静默似乎要喊出
诗人口中的话语——

然后我们怀念春天和忏悔星期二①！

---

① 忏悔星期二，忏悔星期二当天举行的狂欢节，也叫四旬斋前的狂欢节。

狂欢节，放纵的精力
埋葬太短的日子；太阳
低低地沿着地平线潜行，
在脚下践踏冬天的编织物，
戏弄时间，跑得比鹿还快。
然后在头顶上不知打哪儿
一只金色的幽灵出现，
而正午的影子在我们的双足之上奉承讨好
像茫然的被施了魔法的动物。
然后赤脚的人类灌木丛
带着由衷的感谢开始舞蹈，
而孤独的菩提树放松地编织着
它的倦怠叶子的头发。

像一群嘎嘎叫的傻瓜蹦蹦跳跳，
人类部落组成了新脸孔，
抹去冻住的冬天的苍白，
它的模糊不清的面霜和煞白的粉。
打倒冬天！欢迎春天！
在春天的喇叭上吹响一个爆炸！
看那人的种族疲惫不堪像丘比特
穿着云朵，或者裸体，

在天堂的肃静中漂流，
在脚下撒落花朵。
变化无常的春天永恒的爱人，
男人致敬即将来临的夏日太阳。

春天，装扮成一个打渔少女，
拖曳着满满一网鲜花，
以及季节的冰冷潮湿的鳞片
从她银色的叶子中闪烁着。
那风，受到启发
被那半说半唱着的，
和在她双膝上的织物玩要着的，
环绕在纯净的想象中的事物所启发。

好朋友们，起来！站立准备好
与大量的光一起跟着她
编织雾和花朵的线条！
比拂晓的大海更狂野，
连续不断地延展你们自己穿过
东方并注视着，被空气的蓝色恶作剧
施了魔法，
犹如梦境展开像苏醒的蛇。

犹如花朵彩虹色的光，
由人口中的呼吸吹出，
春天源自她的睡眠。
所有男人，那些在利益后面挣扎爬寻的，
在算计得失中过日子的，
在交易和钱币中过日子的，
所有人都加入了单一的
对处女泉热爱的洪流，忠实的臣民
确信她的狂欢会永远持续下去。
小丑大叫，女人的哀号，
那摇铃的铃声起伏，
老白脸小丑和他的袋形裤，
那曾经理性的游牧部落正义的愤怒，
所有赞美归于圣母娃娃！
他们响亮而清晰地喊出单调的节奏
沉醉在狂野的哀号歌曲的声波上。
那儿有两个人物，在一张长凳旁边，
笼罩在一棵白杨树的阴影中。

一个顽皮的大笑，一个大拇指的压力，
还有从一个苏打水瓶引起的恶作剧！
一个身穿节日五颜六色衣服的吉卜赛人

单调地打击乐器，
引领着很多衣衫褴褛的儿童。
一个小阿飞，一个坏坏的男孩，
一个深色头发的，被晒黑的男孩，
戴着一个空的南瓜头在游行队伍中；
用一把小刀刻出眼睛和嘴巴。
它爆炸了，裂开了，
向前推进的长矛和盾牌。
那舞蹈川流不息地翻滚向前——
穿着透明衣服的女人——
“亲爱的朋友们，真的这样吗，
我们昏昏欲睡的树瘤将不会跳舞？
亲爱的朋友们，他怎能在
这样一个狂欢的时刻睡觉？
小兄弟，瞌睡虫，
你原来是一个多么扫兴的人。”
通过掐捏手指醒转过来
他笨拙地跳着，蹒跚着——
一只熊！然后突然地一只鸟，和自由，
他从正在戏谑的姐妹那儿振翅起飞。
另一个奇异风格的狂欢节，黑色的面具
带着一张红通通的嘴巴，

摇动一支绑在柳条中的长矛
恐吓人群。

那儿在他后面，由独立的魔术，
一只巨大的手——其余是隐形的——
携带一篮子蔬菜
乌云荫翳了阳光灿烂的日子。
到处都是狂欢节戴面具的人，
和有晒斑的小提琴手的乡村乐曲。

那简洁的寂静，然后
天仙子游戏开始了：
脸庞用药物变白，
幻觉中兴奋雀跃的孩子们
而中了毒品魔法的恶魔舞蹈着
一连串幻象，一个接一个，
犹如有人正梦见它们，
犹如他看见他们沉默的溪流，
在一个外星人梦里的探视，
在弗洛拉①的窗台上渐渐蔓延。

---

① 弗洛拉，罗马神话中的植物女神的拉丁名字。

永远的笑声！关怀即死亡！
旗帜和横幅在头顶上
笑声把关怀扔到一边
大胆地趾高气扬地走在游行队伍的前面，
一只章鱼在他的胸膛上饰以纹章。
大胆且明亮地燃烧着，他行进：
搞笑的大主教，戴着一个橡胶鼻子。

一只鲸鱼的大嘴滚动着通过，
地狱之门的缝隙又宽又高；
两个圣徒隐士在里面隐藏起来
辩论一个垂死宗教的教义。
但那些人群像雪一样被驱策
并且将它的信仰放置于爱与享乐中。
一只忧郁的风笛在悲叹，
一个老男人咯咯笑，哭泣和叫喊，
雪花盘旋，捕捉了光线，
现在把闪光的糖纸弄干燥，
而暴风雪照亮了游行。
在这个全心投入的嬉戏中
一个包裹在狼皮中的形象嚎叫——
一个勇士带着青铜的盾；

一个古代的朝圣者在她头上
长出一口锅，使虔信者发笑。

看，那些眼睛！多蓝！
确定无疑地一个偶像走在大地上！
她永恒的光环干扰了舞蹈；
她移动着犹如穿过一个复活节守夜，
一幅圣洁的画偏离了教堂；
她令那无信仰的人和异教徒
转动他们的眼睛，
她令那个画家抓住他的刷子！
亲爱的耶稣！可爱的，看！
这是上帝的神圣之母！
每个人的激情抑制着
在那些黯淡哀伤的眼睛前；
对着她的亚当的种族求助
在天空中祈祷。
比最白的大理石更白，
包裹在虔诚的平静中，
她伸出神佑的手
然后谦恭地去取提供的施舍。
但是看！只是看看！看着她如何

与一些小丑手牵手！
她被粗俗的目光羞辱！
上帝的母亲，在街上乞讨！
但她非尘世的面容
闪耀着犹如在一个夏日。
她斗篷的白色犹如最纯净的石头
像牛奶般从她的双肩淌下，
从遥远之地来的一个乞丐
从她的圣坛走下来——上帝之母。
静默不动。像小男孩和小女孩，
呆若木鸡。在视觉上流动着，
纯净的白色光辉沐浴着人群。

但是现在那些狂欢者叫嚣：
风的呻吟，灰烬的笑声，
野蛮呼喊着的印第安人
快速经过，没有回头去看。
在假面孔的后面，行人
跳跃着舞蹈着蹦跶着
而让我们——伪装者的人群
带着泪流满面的哭泣和小丑的呐喊
还有小猫尖叫，搏斗着的小猫

沿着街道缠结着布条。
号叫的女巫，咆哮的乳牛，
一只骆驼般的形体慢慢鞠躬，
猫头鹰的双眼，鱼的演说，
用煤黑画出的哭泣的胡须，
一只深红螃蟹的四轮马车
有着描画的毛发；
一个狂欢节脸庞的白痴
在桶上敲他的锡罐，
一路拽着他的小女孩。
浸湿煤灰的一场雨，
营火充满了树脂质的火焰，
在脸上，近视的双眼滴下煤灰
横越这个卷发的城市风景，
这些魔咒的热烈夜晚，
为了幻觉这个普遍的渴望；
怪异的脸庞疯狂地发光，
燃烧得法兰绒般红色的脸，
像蜡烛般反射着
在一个有千面镜子的大厅
那儿激情四溅像死亡。
与笑声一同升起！与致命的星星一同下降！

他们叫着，旋转着像风。
与此同时雪花依然落下，
刺穿脚下的人行道。

替补席。一个剃光了头的和尚
同伴是一个深色双眼的女人。
像通往永恒蓝色的树荫深处
她打卷的头发起伏
而一片花瓣像一块燃烧的煤
在她头发中的午夜燃烧发光。
然后怎样？她的眼睛迫切的蓝色
燃烧着焦虑的喜悦，
并充满倦怠的奢侈
承诺着怀疑之梦的夜晚。
旋转如暴风雪，从他们身上施放出来，
他们的眼睛都是别人的，不是这个或者那个的，
狂热的人群疯狂地向前走着
现在床单般煞白犹如幽灵，现在残暴而且黑暗。
永远单调沉重缓慢，那儿东边是西边
西边也是东边，在死神旁边
他们的先知早已死去，
一阵步履蹒跚疲惫的风

忘记此时此地的课程。
在沉思中扭曲这条锁链关于
他饱受折磨的思想，他靠着一堵墙
站着，和谐的永恒的囚徒，
与嬉戏争执，一座创意的神坛。
看他的披风，一座黑暗的山脉，
波脊，河流，溅起白色浪花的瀑布
落入他脚边的波浪中，
模糊着那些他穿在纽扣孔中的
蓝色花瓣的花朵，拉达的献身。
他的眉毛是一个梦的曲线，
一只山地燕子的拱形飞行；
他的嘴巴在不相信的
嘲笑中弯曲向下。
从他的高额头上头发掉落下来
像一群鹿被驱赶至狂暴
被眼前围住它们的捕猎者
那些阻止它们的鹿角和逃走的人，
在疯狂中破坏像海洋的波浪，
它们的鹿角互相缠绕纠结
并且分枝着像它们头颅上的石雕。
它们信任的黑色鼻口在颤栗，

抖动并颤栗着，珍惜着时间，
心竭尽全力追随那雄鹿，
他们气喘吁吁直冲到冰川。
他的头发跌落到他的双肩
像一群鹿被驱赶至狂暴
一闪即逝经过瀑布，岩石滑坡，
恐惧致疯的鹿，于黑暗中蜂拥惊逃，
在恐慌中欣喜若狂
比鸟儿更迅速！
他站在那儿——疯狂的，骄傲的诗人。
一块蓝色的碎布，像大海的一个波浪，
一条围绕他脖子的围巾，起皱的，缠绕的，
一颗以基泽尔[①]-E 命名的钻石
放置在一个领带夹中，一颗神奇的星
在一个处女灵魂的眷顾下
它的深红色倒影点燃了火
对着那件斗篷的蓝色事业。

你开心吗，可爱的淑女，
看见他的头发流动着，

① 基泽尔，俄罗斯一条河流名。

一条由于恐惧致疯的鹿的河流
蜂拥越过一座陡峭的被雪覆盖的岩石表面——
僵硬的雪一般白，他的衣领？
在他的威严时刻，这个夜晚的时刻，
你的女儿誓言被遗忘，女孩，
带着天蓝色的心灵你站着
并梳理他鹰状的头发，
倾斜着像一根小麦的茎
它的谷粒是珍珠。
并且像那风，它的
暴风雨的歌曲划开波浪
沉醉在海鸥的喊叫中，
于是梳子从他的头发上滑落，
其他世界的这个孩子，
他的长头发犹如一块土地般休耕
在一个懒惰的，狡猾的犁前面。
他既不睡觉，也不做梦，也不生活，
一道赤红的光芒落在他身上。
他用黑色卷发爱抚着
蓝色石墙的图案；
他的双臂交叉在他的心脏上
一个幽灵重重压在那堆石头上，

他离开生活，被一些光亮所吸引，
被一些景象惊吓，
他的身体在那儿对着墙
努力去听他心灵的脚步声，
它的承诺从高处返回：
陶皿装满水，
一个空花瓶，花朵荡然无存，
所有感觉缺席。

一个露莎卡坐在他的脚边啜泣。
不明确的欲望驱使她
在这里，远离她的邮车车轮，
为了他，她倾听他的晚祷
一遍又一遍，这首
傍晚之歌降服了她，
驯服她和她的姐妹，
抹去夜晚森林所有记忆
那磨坊主以及他与恶魔的协议，
那磨坊主以及他与星星的契约，
他嘟囔着黑暗的魔法，
他们水下游戏的胆量。
当傍晚的黑色丝绸池塘

被星星的故事穿线起来的时候，
某人从这个词语的世界被带到
天堂去倾听这个世界的秘密，
并且从夜间天堂看见那土地
并且等着一个人在那儿加入他，
温柔，在静止中麻木。
在他们的岩石上，透明的，
那个露莎卡种族坐着梳理她们的头发，
半隐藏在杨柳枝条中，
一个迟来的骑手平复他易受惊的马匹，
并且只有那麻鸦蓬勃的叫声
降调了像磨坊外的牛牲口。
疲惫的磨坊里那疲惫的曲调
用秘密的愉悦吸引心灵
并且似乎一切都证明不违法。
然后在深处黑暗照耀着，
然后像一种欺诈的景象
一个少女从河流的波涛中升起
骄傲地，简单地，充满神圣地，
开始歌唱。
她歌唱蓝色眼睛的狂喜
在一张光的蛛网后面，

水路的幻觉
投影在一种颤抖中。
然后那些星星以渴望燃烧着
加入单个的和音
那水的淳朴的信念，
露莎卡制造的舞动、飞溅的水，
古老磨坊笨重迟缓的动作，
树顶满是呱呱叫的乌鸦
和那些女孩夜间的幻影。

而现在骄傲又孤单地
你穿越镇子。
她的身体，在月光中
变成蓝绿色，很吓人。
她敲门进去。
他就在那儿。
某些她灵魂中的东西
思想不能领悟。
她的仍未被夜晚诡计多端的冒险
触摸的有预见的心，
催促着那些总是拥挤在街道上的人群。

在月光下露莎卡蒙着面纱到来
像一个新娘去她的婚礼，
她的双眼充满安宁；
脸红着，她盯着诗人。
夜间的眼睛。他们呼叫着飞走
进入天鹅的故乡，
闪闪发光像亚麻布花朵
在焦虑双眉的曲线之下，
闪耀着，恳求着，带着甜蜜。
“记着多久一次你来这个磨坊
颠覆了我的聪明才智
用你盛宴的故事
和科学火焰的凯旋。
由于月亮已从天堂坠落，
在那缠绕的树林他们闪耀像眼睛；
而闪电，训练成人类的步伐，
在四轮车厢中运送着整个人群，
取代温和的马匹。
这旧世界被碾磨成
上等白色面粉
尝试那常识性的工作，
这旧世界在马鞍上死去！

而在那尸体之上勿忘我燃烧着蓝色火焰，
河床眼睛明亮的女儿。

我们曾经的世界在夜晚消失了。
摧残者，你甚至告诉我
我，露莎卡，与它一起死去了，
那河流将永远不会再看见
以它时间之鹰的处女眼睛。
痛苦的信念之父，
你在夜间的沉默中很残忍。
我已经到来为你的诗歌加冕。
把我算在你的仰慕者中。现在写吧！”
她停止说话。她紧抓他斗篷的一角，
往后退步，默默无言地站着
注视着他，颤抖着。
“杀人犯之父，残忍的刽子手！
你真的以为你死了吗？
潜伏的螃蟹会吞噬我吗？
它们的黑色爪子撕碎我的肉体？
你为什么要毁掉
我们在黑夜和黑暗中追踪的快乐
并且永远抛弃我？

无论你想怎么称呼我：
一束光
在你的窗户上闪烁，
哀伤的河流，天上的追逐，
或者在豆娘的盘旋中‘不’从‘是’中来。
你有了获救理由
从我们不存在的水下，
不让我们的梦想留给死亡‘但是’……
我是夜间眼睛的一个游戏吗，
总是残忍并且欺骗，
在夜的怀中发光，
一个骑手喝水的回水处，
或者一束刺穿了一条裂缝的月光——
难道除了传奇我什么都没剩下？
可怜我！勇敢一点，
避开你锋利的矛！”

一些灵感触动了他的手；
他向圣母玛丽亚示意。
“你和她是姐妹。我从未怀疑。
和她一起散步。”他说。
“我不知道你或者你在哪里，

在此世的人民中。
水的新娘，星星的新娘。
牵起彼此的手前行，
像河的波浪流动着穿过一张网
或者携带着星座之网
进入那雄伟大教堂的昏暗中
像一幅巨大的壁画。
你可能注定要去流浪
如同波浪中的居民，
在日常中变得神圣
在白色教堂或者黑暗的马厩里，
去活着犹如在篱笆阴影中的乞讨者，
在污秽和破布中变成陌生人，
去跨越俗世快乐的波浪，
成为一个充满侵扰的巢穴
在你双眼的神性中闪烁着，
去睡在土壤上，在稻草堆上，
在夜的闪光之手的下面
在白桦树的小树丛中，眼泪之谷，
或在一所苦涩叹息的房子中。
要知道这一点：你将会被所有地方流放。
一个苦涩的宿命等着你：

总是去听‘请让开。’”
他沿着那白色石头楼梯
去到花园，在水瓶座下徘徊。
“我们发誓我们将永远不会改变我们的誓言。”
他说。他举起他的手，摘了一朵花，
给了他俩。
“一年中有多少天，
很多次我想发誓
我的意图：我将引导这些遭放逐者
沿着命运的石路。”

像一些夜间乐队的鬼魂，
在一张长凳边三个人影站着。

（1919，1921）

裂开的宇宙

奇迹世界

1

学生（他砰的一声合上书，闭上眼睛）：
我在做一个奇怪的梦：
一个小女孩把我的国家捧在手心，
然后把它扔到虚空中。
它类似一只小小的红色昆虫，一只甲壳虫
皱起它脆弱而破烂的翅膀。
它很小，很累，快要死了。
她的母亲从一扇敞开的窗户里喊叫：
“你放下那东西，去洗手，
听到了吗？”“噢妈妈我会的，”她说，
“看到没？它掉进了水里，那儿靠近窗户。”
然后她自己坐到窗边，编她的辫子

喝着柠檬饮料。
我的国家灭亡在即!
噢老师！多么痛苦的一个梦!

老人：
万物都在涌动。我们已离开峰顶，
沉溺于低谷中。
当罗巴切夫斯基空间[①]
照耀在我们旗帜上的时候，
当我们开始感知到
他透明的多边形
在每一张活生生的脸庞上
然后我们的诗歌分解腐烂像死人的肉体
变成最简单的粒子，
而那诗歌骷髅笑了
预言语言的死亡
离去只剩下理性语言的骷髅——
然后事物靠近来到边缘，
最敏锐的人的死亡，燃烧着先见之明。

---

① 罗巴切夫斯基空间，几何学术语，指截面曲率为常数的黎曼流形，它包括了欧式空间、球面、双曲空间为其特例。

早晨，许多声音在屋顶上歌唱。
看它怎样升起，
那衰败国度的太阳！
它的第一道黑暗光线
闪耀在群山和我之上，
我们是死神巨大的太阳
燃烧的镜子。
而那沉睡的山谷
仍在收集他们的谷物。

儿子：
听我的。当许多人
在一潭极深的水中死去，
死在家中的黑麦田中，
没有人去记下发生了什么。
那时我许下一个承诺，
并刻在一棵沼泽边的白桦树
天蓝色的树皮上
我擦刮那艘我从历代记中选取的
船的名字。
在那天蓝色树皮上面
我描画身体的轮廓，烟囱和波浪——

我，这个聪明的巫师——
我把冲突拖入遥远的海洋，
我乡下的沼泽和白桦树。
现在谁会赢？我于乡下的出生
还是铁甲海洋的狂暴？
我承诺去理解每件事物，
去宽恕每件事物和每一个人
并教育他们
这都是如何发生的。
我收集旧书，
用记忆的旋转镰刀收割数字，
用我的思想浇灌它；弯下腰，精疲力尽，
在海边我竖起柱子为了
寻找天空中对于诗歌的一种支撑。
我建立时光的白色神庙，
用诗歌和年轻人的生命填充它们，
神庙从死海中凿刻，
我发现真相，庄严而明了，
像神祇般他们进入我的神庙，
张开双臂迎接我，
并用他们的呼吸充满空了的白色神庙。
我的思想，极度精确，

就像一颗燃烧煤炭的心，我把它放在
宇宙死去先知的舌头上，
放在宇宙呼吸着的胸膛中，
然后我突然明白：时间并不存在。
在天使翅膀之上的高空中，我同时看见
过去和将来的一切。
我看见三三两两的力量，
这世界钢铁般运转的主要动力，
数字的弹性语言。
未来会发生什么对于我是清晰的。
我如同佛陀般微笑，
然后突然我开始呻吟，
我举起手，口吐白沫，
而闪电撕裂我的肉体。
你看见点燃的火柴燃烧起来
在黑暗的弹药库边，
一旦栅栏隔开，无法攻破？
你看见爆炸混合物吗
工人和工厂主的，
国王和他们疯狂追随者的？
看：一些庞然大物将把我们甩出去，
我们将从地球行星我们的座椅上坠落

进入群星那广阔的深渊。
你准备好一头栽进死亡了吗?
来吧,像泳者在死亡之水中
我们将从水里挤过去,
用毫不懈怠的臂膀
划开我们的路穿过死亡之河。
游泳总是让人精神振作。
尽管一开始并不容易。
噢老师,和我一起来!

老师:
先想想。

学生:
我想过了,也下定决心。我走了。

老人:
绿色叶子像蝴蝶
再次覆盖那棵树;
每棵树都是一个穿着绿色的渔民,
一个穿绿衬衫的渔民
撒开他的绿色渔网

在天空和海洋无尽的蓝色中
网住那勤劳的太阳。

2

年轻领袖：
噢同志！
你看见在你面前的宇宙的理性骷髅
和银河的黑暗交织——
游牧部落之路，他们有时这样叫它——
让我们升起一把云梯
去包围那些要塞般的星辰！
让我们像武士般击打我们的盾牌，
让我们打破宇宙那理性骷髅的禁闭，
让我们像蚂蚁一样猛冲进去
群集在腐朽树墩上与死神一起发出嘶嘶声——
　　以致它头脑机械，
并且摇动这天堂木偶的细线，
这玩偶的眼睛在夜里闪耀，
引得她移动臂膀，张开眼睛。
那儿飞轮渗出油污
移动那头脑的机械装置

那里有齿轮和绞绳，
你将看见我在胶带上
看穿那第一志愿——
破门而入的一个高级祭司，
砸碎他的路通过那神圣枷锁。
一个扒手撬开高高在上的天堂！如此偶然，
如此对峙，在词语的舞会上！
我们将把它变成一个玩偶！
让它眨动眼睫毛，
学会说爸爸和妈妈！
让我们攻击那机械！
我们将会让天空变成一个说话玩偶！
所有你们伟大设计的孩子们，
跟随我！

3

让它快点！
推它更高！
那儿，就在女巫的耳朵中！
更多！更多！
对着她头的右侧！

她永远也摆脱不了我们！
梯子现在快了，
对着她头的右侧。
凿子准备！去吧！
越过我们所有人的肩膀
摇晃亲爱和骄傲的海洋。
现在用你们的钻头和你们的机会！
打碎那宇宙的骷髅！
蚂蚁般英勇，
夜晚般不为人知，
我们将跳跃到那骷髅的侧面
开始行动。
太阳在我们的头发上闪闪发光，
让我们都带上深红色的战士盔甲。
那最后的脚步！犹如全世界的黎明般明亮！
现在！我站在骨折的骷髅上，
我的手指摸索着天堂。
一个接一个，让我们跳下去，
绕绳下降像高山攀爬者。
我们已远离地面
通过我们攀爬多年的估测。
我们将翱翔进入天空

而几千年后，我们将回到地球
像模糊的灰烬。
再一次在机械中
一个播放阴影图片的屏幕开始闪亮，
还是那张脸，反映
在那蓝色的乳白光亮中。
看！那是她，她仍然在这儿，
那个手捧甲壳虫的女孩，
仍然坐在黑暗的窗边，仍旧疑惑着；
是和不是仍旧舞动着它们的翅膀
这儿有一张人类个性的布告，
旁边是个阀门。有时候在这儿写作
对我具有决定性意义，而我必须读出来：
“陌生人！你已突然来访
进入这个世界。
如果你旋开这个阀门，
你将会拯救这只昆虫，这只你爱的瓢虫。
那只穿红外套的昆虫可能正是你的国家，
你的故乡。只有思想和原因
能帮助你拯救它。
如今它在水中挣扎，快淹死了。
这是我意志的阀门。

旋转它！立即行动！看，它是如此简单！”

年轻战士：
我已经旋开它。完成了。
那朦胧的世界仍像以前一样，
但那甲壳虫如今在一朵花上休息。
而如果它真的是我的故乡，
再次它从灾难中获救，通过
阀门手轮不复杂的一次旋转。
为我们所有人喝彩！为不用寻找援助喝彩！

“妈妈！我刚刚做了一个最伤心的梦！
某个比我强壮得多的人
操控了我的意志
然后我救起那只瓢虫，看！
现在它得以晾干翅膀
飞向它喜欢的任何地方。”

（1921）